ILEGAIS

ILEGAIS

LUIZ ANTONIO AGUIAR

ilustrações de FABIO MACIEL

© EDITORA DO BRASIL S.A, 2019
TODOS OS DIREITOS RESERVADOS
Texto © LUIZ ANTONIO AGUIAR
Ilustrações © FABIO MACIEL

Direção-geral: VICENTE TORTAMANO AVANSO

Direção editorial: FELIPE RAMOS POLETTI
Supervisão editorial: GILSANDRO VIEIRA SALES
Edição: PAULO FUZINELLI
Assistência editorial: ALINE SÁ MARTINS
Auxílio editorial: MARCELA MUNIZ
Supervisão de arte e editoração: CIDA ALVES
Design gráfico: CAROL OHASHI/OBÁ EDITORIAL
Supervisão de revisão: DORA HELENA FERES
Revisão: ELAINE SILVA

Dados Internacionais de Catalogação na Publicação (CIP)
(Câmara Brasileira do Livro, SP, Brasil)

Aguiar, Luiz Antonio
  Ilegais / Luiz Antonio Aguiar ; ilustrações de Fabio Maciel. –
São Paulo: Editora do Brasil, 2019. – (Toda prosa)

  ISBN 978-85-10-07194-9

  1. Ficção juvenil I. Maciel, Fabio. II. Título. III. Série.

19-25332   CDD-028.5

Índice para catálogo sistemático:
1. Ficção : Literatura juvenil   028.5
Iolanda Rodrigues Biode - Bibliotecária - CRB-8/10014

1ª edição / 1ª impressão, 2019
Impresso na Meltingcolor Gráfica e Editora Ltda.

Rua Conselheiro Nébias, 887
São Paulo, SP – CEP: 01203-001
Fone: +55 11 3226-0211
www.editoradobrasil.com.br

PARA MARISA… NOS BONS E MAUS MOMENTOS. NOS DE LUCIDEZ E NAS DESPARAFUSADAS. NA SAÚDE E NA DOENÇA. NA ALEGRIA E NA TRISTEZA. NA FARTURA E NA DUREZA. NA CONTRACORRENTE E NA CORDA BAMBA. NA CARETICE E NA BLASFÊMIA. A BORDO DA MILLENNIUM FALCON E NO LADO ESCURO DA FORÇA. NO PÓDIO E NA SEGUNDONA. NA CRISE E NA CHATICE. PARA SEMPRE. POR TODA ESSA INCERTA VIDA AFORA. PARA TUDO NA VIDA E AO LONGO DA VIDA INTEIRA, QUE SERÁ CURTA, AINDA E SEMPRE, PARA NÓS DOIS, PARA EU TER A VOCÊ, VOCÊ A MIM: NUNCA O BASTANTE, ETERNA E PASSAGEIRA, MAS SERÁ DE NÓS DOIS, EU E VOCÊ. JUNTOS. MAIS! AMOR!

CALÇADÃO DA PRAIA DE COPACABANA RIO DE JANEIRO, UMA QUINTA-FEIRA, POR VOLTA DE 21H30. JAIR ESTAVA PREOCUPADO COM A HORA. TINHA PROMETIDO A ELVIRA QUE AINDA

UM

Calçadão da Praia de Copacabana, Rio de Janeiro, uma quinta-feira, por volta de 21h30.

Jair estava preocupado com a hora. Tinha prometido a Elvira que ainda ligava para ela, esta noite, e a garota não ia perdoar se o namorado falhasse. Ela repetiu várias vezes que ia esperar o telefonema dele. Devia estar pressentindo alguma coisa. Tinha horas que Jair achava que Elvira lia tudo no seu rosto, que não conseguia esconder nada dela. Então, como ia ser? E o Rildo, atrasado, para variar. Mas será que, nem nessa noite, o amigo podia aliviar e chegar na hora combinada?

Que momento para ficar sem celular. Roubado no ônibus. Com uma pistola enorme apontada para a cara dele. Ia fazer o quê? E era o terceiro que perdia. O segundo que fora roubado. Dessa vez, a mãe avisou que não tinha dinheiro para outro, nem comprando no crediário.

"E o cretino que não chega...!"

Se bem que dessa vez poderia ser culpa do primo de Juiz de Fora – o nome dele era Delaney –, que o Rildo iria trazer. Ou do outro sujeito, que Delaney ficara de trazer também para apresentar a Rildo e Jair. O tal Fred, que conhecera num barzinho em Juiz de Fora. O tal... *coiote*.

– Pra ser chamado assim, o cara deve ser um bandido! – protestara Jair.

– Bandido nada! – replicou, impaciente, Rildo. – Olha o vacilo, Jair! É só como chamam esses caras que atravessam o pessoal na fronteira com os EUA. Coiotes...! E daí? Meu primo me disse que o cara tem ajudado muita gente. E tá dando um desconto pro Delaney. Cobrando a metade do preço. Foi com a cara dele.

– Seu primo vai mesmo...?

– Tá decidido – garantiu Rildo. – Não volta mais pra Juiz de Fora.

– E os pais dele...?

– Os pais dele... vão ter de aceitar, ora! – disse Rildo. – Então? Vai querer conhecer o cara ou não?

– O coiote?

– É, o Fred. E aí, Jair?

Acabou aceitando o encontro. Afinal, não estava resolvendo nada. Era somente para saber melhor como era a coisa. Mesmo que desse uma de doido e aceitasse, como ia pagar?

Com desconto ou sem desconto, ainda era uma grana alta. Como ia se arranjar?

"E como o Rildo tá planejando botar a mão num dinheiro desses?"

Tinha perguntado isso ao amigo. Rildo deu de ombros, riu sem graça, mas não respondeu. E agora...

Agora mais cinco minutos de espera, e de repente vê os três atravessando a avenida, em sua direção. Rildo, um garotão que só podia ser Delaney e um terceiro cara.

"O coiote...", pensou consigo Jair. O sujeito viera mesmo. Jair andara torcendo para que não aparecesse, mas, agora, lá estava ele. E não se parecia nem um pouco com o que Jair andara imaginando. Não tinha cara nem jeito de malandro. Ou melhor, fosse o que fosse o que Jair tivesse imaginado, a aparência do sujeito o surpreendeu. Camiseta cinza, *jeans*, tênis. Nenhum jeito de quem estava fazendo algo escondido, nada de falar com a cabeça abaixada, quase com a boca na orelha de quem o escutava, e olhando o tempo todo para os lados. Não se encaixava mesmo no nome, coiote. Era bem mais novo do que o garoto esperava – quem sabe 30 anos? Se bem que seu tipo saudável, de quem está acostumado a tomar ar puro e a exercícios, podia enganar. Bronzeado, barba por fazer, corpo forte – se o visse na rua e dissessem que o cara era um surfista, Jair não ia ter motivos para duvidar. Falava um portunhol leve, como muitos outros latinos que vinham ao Brasil, especialmente ao Rio de Janeiro, gostavam, iam ficando e acabavam passando anos e anos, ou mesmo morando aqui. Um tipo sorridente, mas sem exageros. Parecendo gente boa, pelo menos foi o que Jair achou, assim de cara. E isso apesar de querer encontrar alguma coisa suspeita nele. Qualquer coisa.

– Bebida, para mim, não! – disse Fred, ao se sentarem na mesa do barzinho que ele próprio escolheu, dizendo que era seu favorito naquele trecho da praia. – Mas, vocês, fiquem à vontade. É por minha conta.

– Pra mim, nada de chope, também – disse Jair. – Tô em treinamento. Prefiro um mate.

– Na seleção de futsal do seu clube, aqui do bairro, né? – interessou-se Fred. – O Rildo me contou.

– Disputando o campeonato – assentiu Jair. – Chegamos à semifinal.

– Ah, que legal! Você deve ser bom, então. Um dia vou ver você jogar, certo?

Delaney e Rildo pediram refrigerantes. E foi o garoto de Juiz de Fora quem entrou no assunto:

– Bem, e aí, vocês dois? Decididos? O Fred está aqui para cuidar de tudo.

– Peraí, Delaney! – disse Fred. – A coisa não é assim. Olha... – e fez uma pausa, encarando Jair e Rildo. – O que vocês estão pensando em fazer é uma coisa muito, muito séria. E há riscos. Mesmo a gente tomando cuidado. Vocês têm de pensar direito. Para começar, vão deixar toda a vida que tiveram até aqui para trás. Os amigos, a família... tudo. Então? – silêncio na mesa. – Aliás, já conversaram sobre isso com seus pais? Acho bom.

Não passaria pela cabeça de nenhum dos três jovens conversar com seus pais sobre *aquilo*.

– A travessia é perigosa – disse o coiote. – A fronteira dos *States* é a mais bem guardada do mundo. Justamente por causa da quantidade de gente que quer atravessá-la ilegalmente. E tem a caminhada pelo deserto até as cidades também. Tem gente que passa um sufoco. Fome, desidratação, perseguição da polícia... Claro que meu pessoal é experiente e vai guiar vocês direitinho. Mas não é moleza. Chegando numa boa cidade, a gente garante emprego. Temos muitos contatos. Mas nem por isso vocês devem tomar uma decisão sem ter certeza. Olha... – o coiote fez novamente uma pausa –, já estive na situação de vocês. Sei como estão as coisas neste país e como é difícil olhar pra frente e não ver futuro nenhum. Tudo fechado. Tudo acabando.

– É... é uma droga mesmo... – murmurou Rildo.

O coiote continuou:

– E não é justo você acordar toda manhã e sentir que está perdendo sua vida aqui. Sei como é se sentir assim. Dá desespero. Já vão terminar o colégio, mas e aí? Dar um duro danado pra entrar na faculdade, pra quê? E isso pra ficar aturando anos de uma faculdade de enganação, de porcaria, sem dinheiro pra um curso que preste. E depois? Vão fazer o que com a droga de diploma? Aqui não tem emprego nenhum pra vocês. Não tem nada. Olha a quantidade de lojas, de empresas fechando. Olha quanta gente dormindo na rua. É tentar enxergar adiante e ver coisa nenhuma! Sei como é. Podem acreditar. Há alguns anos, eu estava assim também. Foi por isso que decidi ajudar gente nova como vocês a conquistar uma vida melhor. Devem estar loucos para se verem livres dessa armadilha, não é? Uma roubada que nem é culpa de vocês... Não foram vocês que cavaram esse buraco. Não! Devem estar doidos pra dizer adeus a tudo isso, não é? E se perguntam a todo instante o que tem de tão importante que poderia fazer vocês quererem ficar aqui. Então, quando a chance aparece...

– Mas... – disse Jair, com um tremendo medo de estar falando bobagem, de ser gozado pelos outros... – Bem... Adeus de vez, não, não é? Uma hora a gente vai poder voltar... pra visitar o pessoal daqui.

– Claro... – respondeu o coiote, brecando o que estava falando. – Mas vai demorar. Antes, têm de se estabelecer por lá, arranjar um bom emprego, o suficiente pra um aluguel, pra comprar um carro...

– Carro? – entusiasmou-se Rildo.

– Claro. Todo mundo lá tem carro. Mas vocês têm de se esforçar. Trabalhar bastante, aprender inglês... Daí, quem sabe, conseguem um visto permanente e legalizam a situação de vocês? Só depois é que podem pensar em passar férias no Brasil. Mas, aí, vêm com dólares no bolso.

– Maravilha! – exclamou Rildo, enquanto Delaney não conseguia parar sentado de tanta excitação.

– E se a gente... quiser mandar... alguém... – insistiu Jair, ainda mais embaraçado. – ...Pra se encontrar com a gente lá?

– Alguém? – sorriu o Fred. – Você quer dizer... uma namorada? Vamos lá, garoto. Pode se abrir comigo. Não vou rir de você! – Jair não conseguiu dizer nada. Os outros dois jovens olharam para ele meio debochados. – Como eu disse, vocês têm de pensar muito, e pensar em tudo que vão deixar aqui. Eu sei o que vocês têm na cabeça, rapazes! Estou dizendo... Eu era a mesma coisa. Claro, sim? Uma namorada, né?

– Elvira-vira-vira! Uma fera! – disse Rildo, segurando a risada.

– Sem problemas! – falou o coiote. – Se ela quiser ir, depois, a gente cuida dela. Como vamos cuidar de vocês. Agora, uma coisa importante... Tudo isso, vocês sabem... tem um custo ... Aliás, como está esse lance da grana para vocês?

– Estou com a minha bem aqui – comemorou Delaney, dando tapas na mochila.

Os outros dois olharam para ele com certa inveja.

– E vocês? – perguntou Fred, voltando-se para Jair e Rildo.

– Vamos dar um jeito! – respondeu rápido Rildo. Jair ficou olhando para ele. Estranhava muito toda aquela certeza do amigo.

– Bom, muito bom! Agora... licença um instantinho... Banheiro!

Fred levantou-se e afastou-se para o fundo do bar.

– Tô reconhecendo essa mochila – brincou Rildo com o primo.

Era uma mochila grande, já gasta, preta, de náilon. Bem comum. Mas, com dois adesivos enormes na frente, que a identificavam. Um, Rildo reconheceu logo, estava até meio desbotado – era o escudo do Flamengo. O outro era novo, um desenho com o King Kong no alto do Empire State, com a louríssima mocinha do filme pendurada no ombro do gorilão e com os dizeres: *NY, CHEGUEI!* O adesivo era escandalosamente dourado, soltando reflexos sob a luz do bar.

– A velha de guerra, primo! – respondeu Delaney. – Já usei ela em muitas das nossas viagens, lembra? Comecei a torcer pelo Flamengo de tanto passar férias com vocês aqui, e sempre trazia esta mochila. Mas o adesivo do King Kong comprei agora de manhã numa banca de jornais. Pra dar sorte! Achei que tinha tudo a ver! Não é incrível achar um adesivo desses, logo hoje? Bom sinal!

– É, dourado pacas, hem?... – disse Rildo, achando graça.

– Ah, tô indo atrás de um tesouro, não tô? E aí Jair, o que achou do coiote? Será que ele come gente?

– Vai ver se estou na esquina! – disparou Jair, chateado. E, a seguir, disse, pensativo: – E ele se chama Fred mesmo?

– Ora, por que não? – replicou Rildo. – Você inventa cada uma! Olha, é bem o cara que a gente precisava encontrar pra decidir de vez. Um sujeito rodado... Sabe o que está fazendo!

Jair fez um *sim* de cabeça, bem devagar.

– É... – disse, hesitando. – ... Parece, né?

– Escuta, cara – disse Rildo, dando um soco amigável no ombro de Jair. – Desde quando a gente se conhece?

– Desde sempre – respondeu Jair. E era verdade. Desde bem pequenos. Já perdera a conta de quantas vezes um entrara numa briga porque o outro havia entrado.

– E esse papo de conversar com os pais da gente? – perguntou Delaney, preocupado. – Vocês não vão fazer isso, vão?

– Meus pais não estão com cabeça pra se preocupar com mais nada – respondeu de bate-pronto Jair.

– Nem os meus – disse Rildo. – Quando você viaja, Delaney?

– Hoje mesmo, primo!

– Hem?

– Isso, tô me despedindo. Fred marcou de me pegar num lugar à meia-noite e daí... *Partiu vida nova!*

– Num lugar, que lugar? – perguntou Jair.

– Ora, ele não ia dizer pra gente, ia? – cortou Rildo. – Essa coisa não é festa, tá, Jair? Mete isso na cabeça. É tudo...

– ...ilegal! – completou Jair. E, voltando-se para Delaney, disse:

– Aposto que pediu que não contasse pra gente, não foi?

Delaney deu um risinho sem graça, e não respondeu. De qualquer maneira, Fred já vinha voltando...

– Olha, gente! – disse o coiote. – Deixei a conta paga. Tenho de ir. Delaney...?

– Tudo em cima.

– Daqui a uma semana vão estar recebendo notícias dele – disse Fred para os outros dois. – Um *e-mail* pelo menos. É o jeito mais barato para ele se comunicar. No início, nada de gastos que podem ser evitados. Não vão ficar doidos e comprar de tudo de uma vez, só porque estão com dólares na carteira, não é? Mas um celular simples, um *e-mail*, isso pode... Daí, ele conta como foi a aventura. Mas cuidado com o que vocês vão escrever. A polícia de lá é braba. Vigiam *e-mails* de todo mundo. Se pegam alguma pista de um ilegal, vão atrás. E nada de escrever meu nome também. Sejam espertos, garotos. É para proteção do seu amigo, Delaney.

– E a gente? – perguntou Rildo. – Como que faz?

– Me deixem um celular de vocês. Eu telefono daqui a um mês. Daí, vão ter tempo pra pensar...

– Não preciso pensar mais nada – protestou Rildo.

– Mas é bom pensar assim mesmo. E tem o lance da grana... – Rildo desviou os olhos. O coiote apontou o queixo para Jair. – Além disso, seu amigo ainda está indeciso...!

– Não é isso, é que eu... Tá. Daqui a um mês, né? Tô sem celular.

– Pega o meu! – disse Rildo, escrevendo o número num guardanapo de papel e entregando para Fred.

O coiote despediu-se e foi embora com as mãos nos bolsos, assoviando. Delaney saiu com Rildo – ia ficar andando por aí com ele até a hora de o primo seguir para o lugar do encontro.

Jair foi para casa, se perguntando se Elvira – que Rildo não chamava de *Elvira-vira-vira* à toa – iria adivinhar tudo, pela voz dele, assim que ele dissesse *alô!*... ou se ia demorar alguns minutos, até *ele* não aguentar mais e contar tudo pra ela.

Cresce número de brasileiros pegos tentando entrar ilegalmente nos EUA

PATRÍCIA CAMPOS MELLO
ENVIADA ESPECIAL A WASHINGTON
05/02/2017 | 02h00

[...]

É cada vez maior o número de brasileiros que entram ilegalmente nos EUA. De acordo com a Patrulha da Fronteira americana, mais que dobrou o número de famílias brasileiras detidas na travessia [...].

A quantidade de crianças brasileiras desacompanhadas pegas na fronteira seguiu a mesma tendência e quase triplicou, de 23 para 66.

A comunidade de brasileiros em situação irregular nos EUA era estimada em 140 mil pessoas [...] em 2009.

Com a crise financeira americana, a partir de 2008, houve um êxodo de brasileiros, e o número caiu para cerca de 100 mil em 2011.

Mas, com a situação econômica se deteriorando no Brasil a partir de 2014, muitos dos "retornados" voltaram aos EUA.

[...]

Atualmente, há 200 brasileiros detidos em abrigos da imigração só no Texas, que faz fronteira com o México. [...]

Folha de S.Paulo, São Paulo, 5 fev. 2017. Disponível em: <http://www1.folha.uol.com.br/mundo/2017/02/1855993-cresce-numero-de-brasileiros-pegos-tentando-entrar-ilegalmente-nos-eua.shtml>. Acesso em: fev. 2019.

DOIS

A sorte de Jair é que Elvira estava com tanto sono na hora em que ele ligou, que seus poderes *adivinhatórios* (que funcionavam especialmente contra o namorado) não estavam ligados. Foi um telefonema rápido, só para mandar um beijo de boa-noite, mais nada, e Jair desligou aliviado. Não sabia nem como começar a conversa. Se é que iria acontecer alguma conversa sobre *o tal assunto*.

O aparelho de telefone ficava no minúsculo *hall* que dava passagem da sala para os dois quartos e o banheiro. Jair sentiu uma aspereza estranha na garganta, uma secura que não era normal, na boca. Precisava tomar um copo de água. Com desconforto, raciocinou que, para fazer isso, teria de atravessar de novo a sala, onde seu pai dormia estirado no sofá e com os pés balançando para fora.

Acontecia às vezes...

Era sua mãe estar mais alterada do que de costume e o ex-marido acabava dormindo lá – principalmente quando Jair demorava a chegar ou ia passar a noite fora. Daí, o pai do garoto acordava bem cedo, ou no meio da noite, saía sem fazer barulho e descia para o seu apartamento, exatamente abaixo do apartamento de Marina e Jair.

O garoto nunca descobriu se era Marina quem pedia para ele não ir embora, se ele é que sugeria ficar, ou se a coisa acontecia, assim como se fosse *naturalmente*, sem ninguém falar nada. Simplesmente, numa hora, Marina se arrastava para o quarto que fora do casal, e o ex-marido se ajeitava como podia no sofá, assim como gente casada vai para o quarto e não precisa combinar nada para cada qual, marido e mulher, ocupar seu lado habitual na cama.

– Meu pai bem que podia ficar para tomar café da manhã com a gente de vez em quando – reclamou Jair, um dia.

– Pejota e eu estamos separados, filho! Você tem de aceitar isso – replicou Marina, cortando a conversa.

E Jair ficou olhando para a mãe, também sem coragem de dizer mais nada para não irritá-la. Não entendia aquela separação. Aliás, bem pouca gente que conhecia o casal entendia. O garoto não voltou a falar em café da manhã a três, como nos velhos tempos.

Então, lá estava ele com aquela sede toda, aflito por um copo de água gelada, e a sala escura, com o pai ressonando no sofá, entre ele e a geladeira. Olhou para a porta do quarto da mãe – fechada, como sempre. Mas ele a sentia lá dentro – uma coisa estranha, que também vinha acontecendo nos últimos meses. Desde que a mãe fora demitida. Ele a via, olhos abertos, fixando o teto, sem conseguir dormir, e assim ela permaneceria, sem coragem para se levantar, até bem tarde.

"É que ela, se levantasse, ia ter de encarar que não tem nada para fazer", raciocinava Jair.

Com todo cuidado, o garoto foi pela sala. Estava muito escura, ele não enxergava o assoalho. Se tropeçasse em alguma coisa, talvez o pai acordasse. E se o barulho fosse alto, alto mesmo, talvez a mãe saísse do quarto para ver o que havia acontecido. Então, talvez os dois topassem com ele no chão, massageando um tornozelo. E, quem sabe, perguntariam se ele estava bem, o que estava acontecendo, onde tinha andado, que cara era aquela, que era mais do que a dor da pancada, uma confusão danada dentro dele, torcendo ele todo, e ele sem conseguir se decidir... Era assim, não era?

Mas e aí? Ia contar o que estava sentindo? Ia conseguir conversar... falar sobre... o que estava acontecendo...? Iria gostar de conversar com eles sobre o que estava acontecendo. Ou sobre o que podia estar prestes a acontecer. Iria gostar de escutar a sua mãe berrar que ele ficara doido, que filho dela não ia virar *ilegal* coisa nenhuma. E o pai, franzindo os lábios e balançando a cabeça, pedir que ele falasse mais sobre o que estava planejando, como ia ser, como não ia ser. E insistiria para ele falar mais e mais. E insistiria de novo. Para ele repensar tudo, e outra vez, e outra vez. E a mãe dizendo que não tinha de repensar coisa nenhuma: "Para de moleza, Pejota! Para de moleza!"... E o pai: "Calma, Marina! Vamos escutar nosso filho. Me conta uma coisa mais, Jair...".

Assim ia.

Muito antes, costumavam ter essas conversas. A três. Nos velhos tempos.

Bebeu não um, mas dois copos bem cheios de água gelada. Teve vontade de beber um terceiro. Só vontade; sede, não. Mas segurou, chegava de água. Depois, ia dar vontade de ir ao banheiro, no meio da noite, e ele detestava quando acontecia isso. Então, com os mesmos cuidados, atravessou a sala, foi para o seu quarto e fechou a porta. Daí, foi ele quem não conseguiu dormir, quem passou a noite em claro, rolando na cama, olhos arregalados para as sombras que a luminosidade da rua, que escapava pelas frestas na veneziana, imprimia no teto. Imaginou mil coisas naquelas sombras.

Nenhuma muito agradável.

TRÊS

De: Delaney <delcb.nytochegando@adventurenet.com>
Para: "Rildo" <rildobb@tudofree.com.br>
Enviado do meu celular

Primo, que aventura! Já tô aqui, do outro lado. Faz só uma semana que a gente tava se despedindo, no meio de Copacabana, e agora já tô aqui, dá pra acreditar? Não foi mole, não. Mas melhor não contar detalhes por *e-mail*, senão posso dar pistas de como consegui. Só te digo que a gente passou uns sufocos, claro, tudo no previsto, mas o pessoal que trabalha com o nosso amigo é de primeira. Tanto que, olha só, acho que daqui a uns dias já tô trabalhando. Tem umas possibilidades. Então, valeu a pena, cara! Tô aqui! Consegui! Agora, sim, minha vida anda. Tô dentro do mundo, agora! Imagina como tô me sentindo. Imagina como vc vai se sentir quando vier também. Olha, tô numa corrida só pra ajeitar as coisas, entende? E não fala nada ainda pros meus pais, tá? Eles não sabem que eu passei por aí, mas uma hora vão te procurar. Tenho medo de que eles cismem de vir atrás de mim pra tentar me fazer voltar. E isso ia ser o fim, né? Deixa que eu conto pra eles. Ainda vai acontecer, primo. Um abração!

De: "Rildo" <rildobb@tudofree.com.br>
Para: Delaney <delcb.nytochegando@adventurenet.com>
Enviado do meu celular

Del, que maneiro esse *e-mail* novo que vc inventou. Puxa, vc tá aí. Bem onde eu queria estar. Tô me virando, primo. Tô, sim. Prometo que vc logo vai ter companhia por aí. E pode deixar que despisto seus pais, se eles me procurarem. Boa sorte, Del! Continua escrevendo, tá? Um abração.

QUATRO

– Já arranjei a grana, meu irmão! – foi dizendo Rildo, assim que se encontraram.

– Arranjou, como? – estranhou Jair.

– Uma poupança! Eu tinha uma poupança. Tirei tudo.

– Uma grana alta dessas na poupança? Você? Desde quando? E como ia sacar sem seus pais? Você ainda não fez 18 anos. Que história é essa, Rildo?

– Para de me apertar, Jair! – irritou-se Rildo. – Eu arranjei a grana. Tinha de arranjar. Não viu o *e-mail* do Delaney? Ele já tá nos *States*. E se dando bem.

– Disse que passou sufoco... Ando lendo umas coisas na internet. Tem gente à beça que morre tentando atravessar, Rildo. Os próprios coiotes... às vezes ficam com tudo do cara, matam e enterram num lugar qualquer. Por aí. A família nunca mais sabe do sujeito. Ou, então, os coiotes ligam pra família, exigindo resgate. E nessa também o cara desaparece. Tudo garotão da nossa idade. Olha, Rildo, essa coisa de ser enterrado feito bicho sem dono me dá um arrepio! E a aflição dos meus pais...?

– Para de tanto vacilo, meu irmão! Você viu o Fred! Ele não é desses bandidos, é?

– Como você arrumou a grana? E, aliás, como o seu primo arranjou a dele? Ele é ainda mais duro do que a gente. Como...?

– O que você tem de se preocupar é como vai arrumar a *sua* grana.

– Não tenho nem ideia. Se eu tivesse esse dinheiro, acho...

– ...que dava pra sua mãe, pra ela pagar as dívidas – debochou Rildo.

Jair ficou calado um instante, encarando, magoado, o amigo:

– E se eu desse?

Rildo baixou os olhos, arrependido. Mas murmurou:

– Jair! Olha, cara, meu irmão! Eu vou. Com você, ou sem você. Pra mim, aqui acabou. Aliás, nem ia ter como começar. Cansei. Não tem jeito. Não tem nada pra gente aqui. É tudo aquilo que o Fred disse...

– Você fica falando nesse cara o tempo todo. Virou deus, um sujeito que a gente nem desconfia de que toca saiu. Parece que ele sabe mesmo convencer a gente.

– Não acho que ele quis convencer ninguém. Ele falou sobre tudo que podia dar errado, não falou?

– É... – hesitou Jair. De fato, não tinha certeza... – Acho que sim.

– Você *acha*?

– Tá, ele falou. Satisfeito?

– Por mim, nem esperava um mês. Ia logo!

Jair balançou a cabeça, assentindo... Mas com apertos lá por dentro. Queria ir. Vida nova. Oportunidades. E com Rildo. Ele e Rildo sempre fizeram quase tudo juntos. Menos o futsal, que o Rildo nunca levou jeito com bola. Mas, no resto, tudo. Queria, sim, ir... E o *e-mail* do Delaney... e tudo o que disse o coiote... Fred...

– A gente não tem como encontrar o Fred. Ele é que ficou de ligar pra gente – disse Jair.

– Ai, me deu um medo agora... E se ele desistir da gente?

– E por que ia fazer isso?

– Por sua causa – disse Rildo, chateado. – Ele não achou você nada decidido.

Jair brecou um instante, novamente olhando para Rildo sem saber o que responder.

– Vou pensar nessa história da grana! – disse, finalmente.

– Vai pensar em *como conseguir a grana*. Não é?

– É, foi isso que eu disse, não foi?

E dessa vez foi Rildo quem ficou encarando Jair, em silêncio, sem saber ao certo o que responder.

CINCO

Elvira era a chefe do fã-clube-torcida não oficial do camisa 7 da seleção de futsal do Clube Saracunas, já nas semifinais de um torneio que envolvera outras seleções de juniores de colégios e clubes daquele pedaço de Copacabana. Jair jogava de ala-atacante pela esquerda e dividia as preferências da torcida com o camisa 9, o ala-direita, Vadico. Se bem que, naquele campeonato, nem mesmo os fãs do outro ala negavam que Jair estava tendo um desempenho muito melhor. Era o artilheiro, o recordista em assistências, voltava na recomposição da defesa, ajudando seus dois companheiros lá atrás, o que o outro não fazia. E, quando se metia pelo meio, de surpresa, muito ligeiro, decidia. Enfim, estava se dando ao máximo, de um modo comovente mesmo, em todas as partidas. A torcida uivava quando ele pegava na bola, farejando jogada boa.

Por tudo isso fora escolhido pelo treinador e pelos demais companheiros como capitão do time.

Não que o camisa 9 não tivesse vantagens sobre o ala-esquerda. Chutava com ambas as pernas, enquanto Jair, com a direita, dificilmente acertava um bom disparo a gol... Vadico também era maior, mais troncudo que Jair, e isso lhe permitia partir para cima dos zagueiros na maior, rompendo caminho.

– Fora isso – disse o técnico, seu Gomes –, você é melhor técnica e taticamente. É o sonho de todo treinador, um cara que se entrega ao time e ao esquema de jogo, e de vez em quando surpreende. Principalmente essas suas entradas pelo meio... É Jair... – e Gomes soltou seu suspiro de hábito, que seus comandados, de brincadeira, chamavam de Mugido do Gomes. – Sei que não vou ter você aqui no time muito tempo. Já chamei um olheiro amigo meu para vir ver você jogar. Daí, ele leva você pra um time grande, de futebol de campo, e aí tua vida tá encaminhada, garoto! Mas, antes, vamos ganhar esse campeonato, certo? É importante pra você, pro time... e para mim! Faz isso por mim, Jair?

– Tá prometido, professor! Eu quero jogar essa final! E a gente vai ser campeão!

– Bacana! – disse Gomes, afagando com carinho sua barriga, que todo mundo achava um tanto atrevida demais para um treinador. – Mas o olheiro vem! É amigo! Quem sabe já agora, na semifinal? Você tá feito, garoto!

Na arquibancada, Elvira esperava pelo término do treino. Tinha vários comentários. Por exemplo:

– Como você pôde perder aquele gol, na cara do goleiro? Que falta de capricho, Jair!

– Puxa, tá reclamando que eu perdi um gol? Mas eu fiz dois! E dei passe para mais um! Uma enfiada linda de bola, você viu?

– Vi, linda mesmo. Mas quem botou pra dentro foi o Vadico, não foi?

– Mas o passe foi meu! – protestou Jair.

– E os gols que você fez, tá, foram dois... Muito legal! Mas gol em treino não é pra gente contar vantagem. E se justamente aquele que você perdeu tivesse sido no jogo de verdade? E se fosse o gol que iria botar o Saracunas na final?

– Elvira, você não perdoa nada, hem?

– Falando nesse assunto...

Jair estava de banho tomado, roupa trocada (Elvira nem tocava nele, enquanto estivesse suado, imundo, depois do treino), com a sacola do material de futsal nas costas. E iam saindo do ginásio, quando Elvira mencionou o tal assunto... Eram os poderes dela. Olhou cravado na cara do namorado e disparou:

– Tem alguma coisa te travando, Jair. O que você tá evitando falar?

Jair ficava se perguntando como ela conseguia fazer isso. Seria algum tremor na voz? O jeito de olhar, ou de evitar de olhar, para ela? E podia responder a ela que não era nada, podia negar o quanto quisesse. Elvira não desistia.

"Elvira-vira-vira!", disse Jair a si mesmo, naquele momento, lembrando como Rildo a chamava – não sem certo ciumeco, não sem certa implicância da parte do amigo. Afinal, antes sempre foram ele e Rildo. Agora, tinha Elvira. Tinha vezes que ele dizia ao Rildo que não ia sair com o amigo, que tinha combinado com a Elvira... E lá no fundo sabia que a coisa era igual pelo outro lado – Elvira, sem nunca explicar por que, tinha um pé atrás em relação ao Rildo. Bem que Jair queria pensar que era ciumeco também, porque afinal ele e Rildo se conheciam há muito mais tempo do que ele e Elvira. Mas, bem mais no fundo ainda, sabia que não era isso. Eram os poderes de Elvira-vira-vira...

E ele não estava com vontade nenhuma de conversar com Elvira sobre aquele assunto...

– O que é que você está me escondendo, Jair?

– Por que você acha que estou escondendo alguma coisa?

– Porque você não costuma responder pra mim uma pergunta com outra pergunta. Como acabou de fazer, aliás! Você está estranho.

– Impressão sua – disse Jair, mas com muito menos firmeza do que gostaria. – Como assim?

– Deixa eu ver... Por que você está estranho? Por que será que estou dizendo isso?... Pode ser... Porque toda vez que o

Rildo aparece, vocês dois ficam estranhos... Porque você e ele se afastam e ficam de segredinhos estranhos... Porque até a sua mãe veio me perguntar por que você anda estranho. E porque você ficou estranho mesmo de uns dias pra cá. Chega?

– Minha mãe? – sobressaltou-se Jair.

– Dona Marina. Ela mesma. Você foi farejado, cara.

– Não tem nada. Não tem segredinho nenhum.

– Tem, sim. E eu detesto namorado com segredinho.

– Eu só tô preocupado com essa coisa do olheiro. Seu Gomes falou de novo nisso, hoje.

– Tá, isso é importante. Mas precisa perturbar tanto você?

– Claro. Se o cara me achar bom de verdade, isso resolve minha vida.

– Sabe quanto garoto da nossa idade acha que, porque é bom no futebol, isso vai resolver a vida dele? Quanto mais hoje em dia! É que nem quem quer sair da miséria jogando na loteria.

– Ah, Elvira! Não tem nada a ver! Não tem sorte nisso. Eu treino pra caramba.

– Eu sei. E o Vadico também tá no páreo, não tá?

– Elvira, tem horas que você é muito... chata! – irritou-se Jair. Ora, a garota tinha de lembrar sempre o outro cara? E mais aquele papo consciente, realista... Que... coisa!

– E tem uma hora que você vai me contar o que tá rolando, né?

Jair parou e olhou bem nos olhos dela, respirou fundo, como se quisesse tomar coragem. Elvira ficou no suspense, na expectativa...

"Uma hora... podia ser agora... Acho que eu ia me sentir melhor... se não estivesse escondendo nada... da Elvira... logo dela."

Mas a decisão – que nem meia-decisão chegou a ser – se desfez. Elvira entortou os lábios, frustrada, mas pregou um beijo rápido nele e sorriu.

– Não quero você de cumplicidade com a minha mãe – disse Jair.

– Eu tô do seu lado, garoto! – disse Elvira, se pendurando nele, a pele cor de amendoim tostado, bem Elvira, os cabelos anelados e cheios, presos num coque alto, esparramado, e principalmente o cheiro dela dando um arrepio nele, e a voz dela, a boca dela dizendo: – Meu cúmplice é só você.

– Ela, a minha mãe... anda nervosa.

– Mais nervosa ainda, você quer dizer... Mas seu pai segura a barra, não segura?

– Um pouco, mas com eles separados...

Elvira riu.

– Não é engraçado – reclamou Jair.

Elvira riu mais ainda. Mas não fez mais comentários. Sabia que aquele era mais um assunto enrolado na cabeça de Jair. E achou que não era hora para falarem nisso.

SEIS

A separação dos pais de Jair resultara num aluguel a mais – o do apartamento do andar de baixo, já que o de Marina e Jair era *próprio* – e um condomínio, também a mais, no *orçamento do casal*. E podia-se falar assim mesmo, o *orçamento do casal*, naquela separação, já que era um arranjo muito típico deles, muito entre eles, e que nem um nem outro – Marina, com impaciência, Pejota, saindo sempre pela tangente – conversava com mais ninguém.

Jair respeitava a reserva dos dois. Porque sabia que para ambos era uma coisa *dolorida* falar na separação. Porque sabia que era uma coisa que estavam tentando resolver da melhor maneira que podiam, mesmo que o melhor que podiam resolvesse mal, ou que não tivessem certeza se iam conseguir resolver alguma coisa. Mas todo aquele cuidado dos dois, tantas e tantas reticências, era uma maneira de pedir a todos – mesmo os demais interessados no assunto, como Jair – que se mantivessem um pouco a distância, que dessem um tempo e não pedissem respostas que não existiam ainda.

– É coisa deles! – Jair costumava dizer a Elvira, a Rildo, a quem perguntasse como andavam as coisas entre seus pais. – Nem sei como entrar. Aliás, acho que não tenho mesmo de entrar. Vai ver que não.

No mais das vezes, não respondia coisa nenhuma. Dava de ombros, entortava o nariz, mudava de assunto, deixava a outra pessoa esperando uma resposta para a pergunta, a charada: "Mas que separação é essa, se eles... se eles...".

"Coisa deles...!", repetia a si mesmo para se convencer.

Não que fosse fácil. A dor respingava. Era o que mais acontecia naquela casa, ultimamente. Dor respingando. Dor feito bala perdida. Dor à solta.

– Não! Hoje não! – ele a escutou dizendo com voz dura ao telefone. – Não mostra a cara aqui hoje.... Porque quero ficar sozinha, ora. Não é pra isso que a gente se separou? Pros dois terem seu tempo sozinhos?... Não, nada! Que é que tem a entrevista? Foi uma droga, ora! Eu já sabia que ia ser assim. Não tinha dito a você? Uma droga. Nem queria ir, você é que insistiu, me pôs culpa de não ir... Tá, tem razão, exagerei, mas... Foi só enrolação daquele tipo de sempre... "Ah,

estamos, sim, pensando em contratar, mas não é para agora...
Ah, o seu perfil profissional é perfeito; daí, quando chegar a
hora, vamos entrar em contato, claro que vamos...". Você
sabe como é... Eu? Chateada? Mas não tô dizendo que não
esperava porcaria nenhuma? Porcaria nenhuma! Porcaria...!

E, nesse momento, a voz dela travou, ela engasgou, o rosto
se contraiu. A decepção emergiu de vez e ela arriou no sofá. Jair
adivinhou que seu pai, mesmo tendo escutado somente ruídos
ao telefone, mesmo não a vendo agora, tão encolhida que parecia uma criança, disse prontamente: "Tô subindo". E ela assentiu com a cabeça, devagar, respondendo que sim. De certo
modo, Jair percebia que ela não precisara dizer nada, bastava
fazer aquele movimento leve, quase movimento nenhum, de
cabeça, que o pai, do lado de lá, saberia exatamente que ela,
daquele seu modo doído, seu silêncio, havia dito que "sim".

Minuto e meio depois, Pejota tocou a campainha.

Jair abriu a porta, abraçou o pai, que retribuiu o abraço e
depois foi se sentar, calado, ao lado da *ex*. Sem dizer nada,
olhando para ela e, ao mesmo tempo, dizendo tudo. Dizendo
(ela o entendia, como se o escutasse dizer...): "Estou aqui!".

Nessa altura, Jair deixou os dois a sós e foi para o seu
quarto. Sabia que o pai dormiria no sofá naquela noite.

SETE

De: Delaney <delcb.nytochegando@adventurenet.com>
Para: "Rildo" <rildobb@tudofree.com.br>
Enviado do meu celular

Primo, tô trabalhando. Graças ao pessoal do nosso amigo, que me arranjou emprego, como ele prometeu. Dou um duro danado lavando prato num restaurante. Daí, quando fecham, faço a faxina na cozinha, nos banheiros, no salão, no lugar todo. Só vou me deitar depois das duas da manhã. Mas também só começo às duas da tarde. Quer dizer, eu chego antes para pegar o almoço dos funcionários. É, faço as refeições no restaurante, e assim não gasto com comida. E quer saber do melhor? Todo mundo entra na caixinha de gorjetas. Não é só os garçons, não. Isso mesmo, além do meu salário (que é meio porcaria, mas dá pras despesas), ainda volto toda noite pra casa com uma graninha. É isso, primo: grana na mão toda noite. Aqui, a gente trabalha e ganha. No final do mês vai sempre sobrar algum. Não é demais? Olha, vou continuar a escrever, mas, por favor, se meus pais forem pra cima de você, querendo saber alguma coisa de mim, diz que não sabe. Ainda não chegou a hora. Mandei uma mensagem pra eles dizendo que tô bem, para eles não se preocuparem comigo, mas sabe como é, não sabe? Cara, dez dias de *States* e eu já me sinto numa outra vida. Olha, ainda tô no Texas, longe de Nova York. Mas sonho toda noite em chegar lá. E aqui, primo, sonho acontece. Se a gente faz por onde. Aqui é que é o meu lugar. Você vai ver como é. Nunca fiz uma coisa mais certa. Pois é, cadê você? Vale a pena, primo. Vale, sim! Um abraço!

De: "Rildo" <rildobb@tudofree.com.br>
Para: Delaney <delcb.nytochegando@adventurenet.com>
Enviado do meu celular

Que legal, primo. Nesse pique, quando eu chegar aí já vou ter de esticar até Nova York pra encontrar vc. Olha, minha grana tá garantida. Foi indicação daquele cara que fez negócio com vc. Nenhum problema. Demorou, mas consegui falar com ele. O sujeito disse que se eu fizer a entrega, tá tudo certo. Vou ter que completar a grana de alguma maneira, mas me viro. Ô, Del, tava querendo conversar umas coisas, mas não dá para escrever por *e-mail*. A gente não pode se falar? Só tô na espera do nosso amigo me ligar. Mas, do Jair, não sei. Acho que ele acaba indo, mas ainda tá com aquela coisa de futebol na cabeça. Vive dizendo que qualquer dia um olheiro vai ver ele jogar, daí pega ele pra um clube e a vida dele anda. E tem aquela namorada dele, na pressão. Tenho certeza de que ele vai acabar contando pra ela. A Vira-vira é fogo. Já deve estar pra lá de desconfiada de alguma coisa. Mas, olha, eu vou. Se o Jair não for junto, vou sozinho e te encontro aí. Tô chegando, primo. Não vai gastar os *States* inteiro antes de eu chegar. Um abração.

OITO

– Você ficou doido, garoto! – gritou, furiosa, Elvira. – Como é que é?

– Pega leve, Elvira. Escuta.

– Não escuto nada!

– Tá parecendo minha mãe!

– E você tá parecendo um idiota, que nem lê nada, nada de nada, nada vezes nada de jornal! Sabe que um bocado desses garotos que tentam entrar ilegalmente nos *States* são mortos? E pelos próprios sujeitos a quem eles pagam. É gente ruim, Jair. Se não, não estariam fazendo coisa contra a lei. Alguns deles são traficantes, contrabandistas. Tudo bandido!

– Eu sei dessas coisas. Mas esse cara é diferente. Eu conversei com ele.

– Você o quê? Então... você já decidiu?

– Não, foi só pra conversar. Pra conhecer. Eu não vou coisa nenhuma. Não vou! Juro!

– O Rildo é quem tá querendo meter você nessa, não é?

– Lá vem você. Que implicância com o Rildo.

– Jair! Ele tá ou não tá nessa história?

– Tá...

– Droga! Eu sabia! E você vai na cola dele, sempre.

– Mas ele também não está decidido. Ele... tá pensando.

– E você também tá pensando. Pensando sério nessa cretinice!

– Não... Juro que não.

– Então, por que veio falar comigo?

– Ora... eu só tô falando. Não quer dizer que eu quero ir.

– E eu, Jair?

– Hem?... Como assim?

– Eu nunca ia entrar numa roubada dessas, cara! Nem por você! Ou você também sonhou... delirou... que eu ia junto?

– ...Elvira!

– Nunca, Jair!

– Nunca?

– Claro que não! Você tinha que pensar é na vida que a gente ia ter lá, fugindo da tal polícia de imigração. Vida de gente que tem de se esconder. E só arranjando emprego vagabundo, mal pago, quase escravidão. Quem não tem visto se ferra. Contratar gente assim é ilegal. O dono do lugar se aproveita sempre.

– Não é tão assim! Olha, o Rildo tem um primo...

– Não quero nem escutar. Chega, Jair. Quer terminar comigo, então vai. Mas se acabar com um tiro na nuca...

– Elvira...

– ...vou odiar você pra sempre!

Jair fez uma pausa, respirou fundo, então disse:

– Bem, tem o olheiro. O professor disse que esta semana ele aparece.

– É, tem o olheiro...! – resmungou Elvira.

– Elvira, minha mãe está desempregada há mais de seis meses. Desde o começo do ano que não aparece dinheiro lá em casa. Só aquela grana do carro do meu pai, que ele vendeu pra não deixar atrasar o condomínio e o seguro de saúde da gente. Mas acabou. Mês que vem, acabou. E ele também não está ganhando nada. Você sabe, ele é corretor de imóveis, sempre trabalhou por conta própria. Nunca ganhou nenhum assombro, mas se virava legal. Agora, não! Tá ferrado! Quem é que quer comprar apartamento, numa brabeira dessas?

– E vai ajudar no que se você jogar sua vida numa vala?

– Para, Elvira! Eu não vou fazer nada disso – disse Jair, aumentando a voz. – Tá achando que eu sou maluco? Burro? E não vou deixar você. Nunca!

– Nunca?

– Nunca... – ele murmurou, já com a garota se abraçando nele para segurá-lo de vez.

Grupo enviou ilegalmente aos EUA 180 brasileiros, incluindo 30 crianças.

Operação da PF prende um dos principais 'coiotes' no Brasil; famílias pagavam até R$ 100 mil/pessoa

RUBENS VALENTE
18/07/2018 | 20h17

A Polícia Federal desarticulou um grupo que conseguiu enviar ilegalmente para os EUA cerca de 180 brasileiros, dos quais 30 eram crianças, entre 2016 e 2017.

[...]

A investigação da PF apontou que [...] as rotas clandestinas de acesso aos EUA variam, podendo ser pelo deserto do México ou pelo mar das Bahamas [...]. O grupo aliciava brasileiros de diversos estados, como Minas Gerais, Rondônia, Tocantins e Goiás.

[...]

Para pagar os "coiotes", as famílias mais pobres vendem seus bens, casas, carros ou tomam empréstimos volumosos em bancos [...].

"Depois que os brasileiros chegam [...] os 'coiotes' vão repassando as pessoas para outros grupos como se fossem mercadorias. [...] Nesse caminho todo as pessoas morrem ou são extorquidas ou são obrigadas a transportar drogas. [...]"

Folha de S.Paulo. São Paulo, 18 jul. 2018. Disponível em: <https://www1.folha.uol.com.br/mundo/2018/07/grupo-enviou-ilegalmente-aos-eua-180-brasileiros-incluindo-30-criancas.shtml>. Acesso em: 8 fev. 2019.

NOVE

De: Delaney <delcb.nytochegando@adventurenet.com>
Para: "Rildo" <rildobb@tudofree.com.br>
Enviado do meu celular

Olá, primo. Passando rápido só pra contar que encontrei o pessoal que me trouxe até a cidade. Eles me disseram que vai ter uma "brecha" nas próximas semanas, e depois a coisa aperta. Daí, quem quiser vir, tem de aproveitar a chance agora. Acho que o nosso amigo vai procurar você logo, logo. Te prepara, Rildo. Tá chegando a hora. Daí, você vai conhecer minha namorada, a Susan. Ela é americana. Linda. Tá cheio de garota bonita aqui. Tô te esperando, primo. Quando você vier, o pessoal já avisou que vai te trazer pra cá também.

Você vai adorar horrores a cidade. Não dá pra dizer qual é, mas você vai ter uma supresa. Aqui é bom demais. Manda ver, Rildo! *Partiu vida nova!*

De: "Rildo" <rildobb@tudofree.com.br>

Para: Delaney <delcb.nytochegando@adventurenet.com>

Enviado do meu celular

Oi, Del. Tô mais do que pronto. No que o cara ligar, tá valendo. Vou acelerar tudo. É isso mesmo. *Partiu vida nova.* Até.

DEZ

– Tem algo acontecendo com ele, Pejota. Sei que tem. Alguma coisa, o peste tá caraminholando naquela cabeça dele, mas não me conta. Falou com você? – perguntou ela, ansiosa, ao telefone.

– Não, Marina. Nada. Tem certeza?

– Tenho...

– Mas poderia ser...

– Uma das minhas paranoias? Achar que todo mundo tá me abandonando...?

– Eu não vou abandonar você.

– Eu sei, Pejota.

– E sobre o Jair...

– Não é minha imaginação. É uma coisa que eu sinto... aqui!

– No seu útero, né? – disse Pejota, adivinhando aonde a *ex* estaria levando a mão.

– Perto. Lá dentro. Tem alguma coisa nele que tá... frágil. Se partindo.

– Estamos todos assim, Marina... O país inteiro.

– É minha culpa! Eu fracassei. Falhei com ele.

– Então, eu também... – Marina fungou. Pejota fez uma pausa, respirou fundo. – Vou subir.

– Não, Pejota. Hoje não. Sério!

– Você sabe que eu não ligo pra nada dessas coisas.

– De eu me sentir uma fracassada?

– Você não é uma fracassada. E mesmo que fosse, eu não ligava. Eu...

– E você sabe que eu não consigo amar você me sentindo um lixo. Por baixo! *Caca* da mosca do cavalo do bandido! Uma...

– Para! Não faz isso contigo. Esse problema tá na sua cabeça, Marina.

– E o que eu faço com ela? Minha cabeça? Corto? Por favor, hoje não. Fique aí. No *seu* apartamento.

– Tá, mas, se mudar de ideia, liga.

– Eu sempre ligo, não é, querido?

– Pode ligar, sim. Sempre. A qualquer hora. Querida.

– Boa noite.

– Boa noite.

– Querida...

– Hum...?

– Você me ama.

– Acho que isso não foi uma pergunta.

– Não foi.

– Amo... Boa noite.

Quando Jair chegou, ela estava sentada na sua poltrona, na sala, as luzes apagadas. Tinha só o vulto dela, recortado contra a escuridão por causa de um resto de iluminação que vinha da porta entreaberta da cozinha. Havia deixado a luz acesa depois de preparar sua caneca de chá. Daí, veio se sentar na sala, sozinha. Era sempre a mesma caneca, de cor indefinida, meio que lascada na borda de apoio. Ela murmurou alguma coisa quando ele entrou. Jair parou. Marina repetiu o que dissera, dessa vez mais alto, mas ainda sem olhar para o filho; então, bebericou um gole do chá. Devia estar morno, apenas, não quente, que era como ela gostava, para não queimar a língua.

– Por que está dizendo isso agora, mãe? – perguntou Jair, alarmado.

– Porque eu sei. Eu sinto.

Jair sabia que o que apertava o coração dela não era somente o sufoco de grana, essa aflição de não saber como iria manter um mínimo de dignidade, cabeça erguida, no elevador, na rua. Com vizinhos cochichando às suas costas, gente com voz de mal-encarado ligando dia e noite, de madrugada, de segunda a domingo, cobrando, cobrando, ameaçando... Era isso, claro, mas também era mais do que isso. Era tudo. Olhava para a mãe e sentia o que ela sentia.

Era como se tivesse naufragado.

Ela era jornalista. Adorava seu trabalho. Tinha orgulho disso. Muito. Ah, Jair sabia, sim, que Marina era, acima de tudo, uma pessoa muito, muito orgulhosa. Nunca esperou ser demitida. Nem quando a situação toda foi pro buraco.

Agora, com tanta gente que fazia a mesma coisa que ela, sem emprego, não conseguia nova colocação. Batalhara à beça, ouvira promessas, pedidos de paciência, "só enquanto a gente vê o que vem pela frente", e cansara de topar com gente que não demonstrava lembrar que a conhecia...

Desistiu. Depois de meses e meses, desistiu.

Virou uma sombra dentro de casa. Já não tinha ânimo para seguir tentando. A última vez em que Jair a tinha visto de volta, com a velha energia, fora dois meses antes, quando despachou, numa mesa de bar, um chato – amigo dela até aquele dia – debaixo de uma tempestade de palavrões. O sujeito sugeriu que havia solução, sim, ela é que não estava fazendo a coisa direito:

– Você precisa se reinventar! – disse ele, estufando o peito. – Não adianta reclamar. Tem de ser realista, aceitar a maré do mercado! Mude. Faça outra coisa com seus talentos. Reinvente-se!

No que ela encarou o sujeito, o filho pressentiu um tremor no solo abaixo dos pés, lá nas profundas camadas tectônicas que formam as bases dos continentes. Não era nem para Jair estar ali. Tinha marcado um encontro com a mãe para voltarem juntos de metrô para casa – já que ele, para variar, ficara sem grana para recarregar seu cartão de passagens e ela estava ali perto, numa saidinha com amigos. Mas aquele cara – isso Jair adivinhou no ato – estava prestes a se tornar um *ex-amigo*.

– Taí! Você tem toda razão. Sempre quis ser cambista de porta de estádio de futebol! – ela disse.

– Hem...?

– É, encarar as leis do mercado! Empreendedorismo pra valer? Quem tem mais lábia, lucra mais... Quem não tem, encalha a mercadoria! Meritocracia legítima! Saber variar o preço do ingresso segundo a procura. Comprar na bilheteria e vender pelo dobro. Ou ir baixando, quanto mais se aproxima a hora do começo do jogo. Não pode é deixar encalhar ingresso na sua mão, certo? Ser um vencedor? Competitivo? Cambista de rua é mestre nisso. E a emoção, o empreendedorismo de saber fugir da polícia? Vez por outra levar umas bordoadas, além de perder a mercadoria, mas estar firme lá, no meu negócio, no jogo seguinte. Você ia comprar ingresso comigo? Não, você é chique, compra pela internet! Ainda existem cambistas nos jogos?

– Olha, eu não quis...

– Quis, sim! Quis se mostrar superior, quis, sim, claro que quis. Meio que camuflado, mas foi isso mesmo. Quis dar um jeito de soltar esse seu desprezo por quem é abalroado, atropelado pela imbecilidade de quem dirige as coisas neste país. Quis jogar em mim a responsabilidade da bandalheira *deles*. Por que *eles* não se reinventam? Por que não deixam de ser canalhas, por exemplo? Bastava isso! Simples, né? Que reinvenção radical, essa! Enfim, algo novo, o fim da canalhice! Deixar de trancar o país e a vida da gente quando a coisa aperta. Levar à risca esse papo de parceria, de comprometimento com as pessoas. Por que não reinventam a cabeça deles, em vez de quererem que a gente deixe de ser o que é? Mas não, só querem se dar bem... E *o resto* que se dane! Como é o ditado? *Pouca farinha, meu pirão primeiro...*? Me reinventar? Levei décadas para construir a competência que tenho no meu trabalho. Daí, abandono isso e viro o quê? Reinventar? Eu reinventava o mundo com as matérias que publicava. Foi isso que roubaram de mim, seu...

E começaram os palavrões. Ela de pé, enfiando o dedo na cara do sujeito. Que foi forçado a bater em retirada, expulso da mesa.

Jair adorou a explosão de sua mãe. Ficou achando que tivera sorte naquela noite. Por puro acaso, assistiu a um tremendo *show*.

Doía nele à beça quando a via resmungando sozinha, encolhida, sumida, tragada pela semiescuridão da sala, afundada na poltrona. Detestava. E depois ela se arrastava pro quarto, trancava a porta, e só a via de volta no dia seguinte.

Não sabia se lá dentro ela dormia, se chorava, se assistia tevê com som desligado, se ficava olhando pro teto, sem pegar no sono, se revirando. Provavelmente, isso tudo. Tudo isso. Ela não era assim, antes. Não era.

E ele começava a achar que ela andava pondo alguma coisa mais forte naquele chá.

– Mãe, vai dormir, vai.

– Mas é isso, não é, Jair? Você tá pensando em abandonar o barco. Não condeno você por isso. Mas se eu ainda puder fazer alguma coisa...

– E ir pra onde, mãe? Pra onde é que eu iria?

– É o que peço que você me conte. O que está pensando em fazer?

– Tá imaginando coisas, mãe – respondeu ele, se apressando a ir para a cozinha beber um monte de copos de água gelada (ah, aquela areia vazando pela garganta, quando a situação complicava...!) e depois passar direto, murmurando um apagado *boa-noite* para a mãe, antes de se trancar no quarto.

ONZE

Semifinal da Liga Júnior Zona Sul 3.

Saracunas × Colégio Amendoeiras.

– Chuta, Jair! – gritou Elvira, da arquibancada.

Mas ele preferiu o drible, primeiro, e passar a bola, numa cavadinha, para Vadico, que entrava pelo outro lado. Foi melhor. Vadico ficou de cara pro gol e chutou de bico. Como antigamente no futsal. Todo mundo só chutava de bico. Um balaço. Explodiu na trave. A bola espirrou, rodopiando para a dobra esquerda da área. Daí, apareceu Jair. Goleiro caído. Todo mundo esperando que ele emendasse outro balaço. Mas ele raciocinou, num *trilésimo* de segundo, calculou o risco de isolar a bola... E deu de leve, cavadinha de novo. A bola morreu mansa, raspando a rede por dentro. Fazendo aquele chiado gostoso. Gol! Gol! Gol!

Elvira pulava na arquibancada, agarrada numa garota de tranças, que nunca viu na vida. Nem gostava de tranças. Muito menos foi com a cara da garota, que gritava o nome do Jair, como se o nome dele fosse mais gostoso soando de dentro da boca dela. Mas foi gol! Gol! Gol!

Gol do Jair.

Saracunas 1 × 0 Colégio Amendoeiras.

E se os caras estavam mais cuidadosos até ali, agora vieram com tudo. Foi um sofrimento, até o final do primeiro tempo. Jair recuou para marcar. Ficou só o Vadico lá na frente e ainda aconteceu de ele receber uma bola pelo alto do lateral. Matou no peito, chutou – o goleiraço do Amendoeiras, o melhor do campeonato, na opinião dos treinadores, espalmou. Córner. E nem deu tempo para cobrar. Final do primeiro tempo.

Os jogadores dos dois times exaustos. No banco, os treinadores falavam, gesticulavam, riscavam suas pranchetas com canetas marcadoras, mas os jogadores não tinham fôlego nem para escutar. Se, mal voltassem, não caíssem se contorcendo de câimbras no meio da quadra, já ia ser grande negócio. Tocou o sinal, começou o segundo tempo.

Gomes decidiu começar sem o Jair e sem o Vadico. Já tinha feito isso antes – para deixar eles pegarem mais gás e entrarem com tudo, arrasando, prensando o adversário. O Saracunas ia jogar fechado na defesa. O time não gostava de jogar assim. A torcida detestava. Mas Gomes insistia. De vez em quando, lá vinha ele com sua retranca.

– Já ganhei campeonatos assim! – resmungava.

Só que dessa vez não deu certo.

O camisa 9 do Colégio Amendoeiras foi derrubado na área. Pênalti.

Jair olhou aflito para a arquibancada. "O olheiro..." pensou. Mas o treinador não havia dito nada. Gomes conhecia o cara, eram amigos. Se ele estivesse no jogo, daria um aviso.

O próprio camisa 9 bateu o pênalti.

Saracunas 1 × 1 Colégio Amendoeiras.

A torcida do Saracunas começou a pedir pro treinador botar o time no ataque.

Gomes era teimoso. Todo mundo sabia disso. Esperou mais cinco minutos, mais seis... E o Amendoeiras apertando. O goleiro do Saracunas espalmou uma para o meio da área. Um jogador chegou em cima, quase tropeçando, e chutou pra fora.

E o Amendoeiras apertando. Sete minutos de jogo, outro susto: bola na trave do Saracunas.

E, de repente, a torcida uiva, comemorando. Gomes tinha mandado Jair e Vadico entrarem de novo. Os dois de uma só vez.

Jair rouba uma bola na cabeça da área do Saracunas. Vadico dispara pedindo o lançamento. Gomes grita, a torcida grita. Todos pedem que Jair solte a bola. Jair avança. O camisa 9 do Amendoeiras dá de carrinho pra cima dele. Jair dribla, o cara passa direto.

Uma avenida se abre à frente de Jair. Vadico, em desespero, pede a bola. Mas agora, Elvira, a arquibancada, o treinador, todo mundo berra para Jair avançar. Ele avança, chega à área adversária. O time inteiro do Amendoeiras, em pânico, avança pra cima dele. A arquibancada, Gomes, todos pedem o chute.

Então, Jair faz o que ninguém espera. Vira o jogo. Vadico recebe livre. Todo o Amendoeiras de um lado, vendo a bola passar, pernas se esticando em desespero, e Vadico é quem recebe. Livre, na lateral direita. O Amendoeiras se apavora, corre em bando para o outro lado. Vadico devolve, dessa vez por cima. Jair se enfia pelo meio e chuta de primeira, sem deixar nem quicar.

– Gol! Gol! Gol do Jair! – grita Elvira, de novo agarrada na garota de tranças. Ou melhor, agarrada nas tranças dela como se quisesse arrancá-las. E talvez quisesse.

Seu Gomes, joelhos já castigados pelos 60 e tantos anos, barriga balançando livre e feliz, pulava, comemorando.

A arquibancada histérica aplaude, grita o nome do Jair.

O garoto corre para Vadico, abraça. Vadico o agarra e o ergue no ar.

– Você é o cara, Jair! – berrou Vadico, na cara do outro, fazendo os tímpanos do camisa 7 doerem.

– Você é que é! – respondeu Jair, no mesmo timbre.

E era assim mesmo. Na quadra se adoravam. Fora dela, um ficava de rabo de olho pregado no outro. Ambos sabiam o que estava em disputa. E se o olheiro quisesse somente um deles?

O juiz exige o reinício do jogo.

– Pra cima deles! – berra Gomes. – Pra cima deles!

E a arquibancada aprova. Sem recuo! Sem essa de fechar a casinha.

– Pra cima deles...!

Foi um bombardeio. O time jogou avançando um zagueiro, deixando só um marcando atrás. E Jair centralizado, distribuindo o jogo. Mas, arranjando fôlego ninguém sabe de onde, o time, se perdia a bola, voltava todo, se fechando. Era o que o Gomes chamava de *leque*. O leque fecha na defesa, abre no ataque. E tome bola neles. O Amendoeiras estava perdido na quadra. Corria para um lado, a bola encontrava um Saracuna livre do outro. O goleiro do Amendoeiras berrava, revoltado com o seu time. O técnico idem, mais furioso ainda. Todo mundo do time brigando, se xingando. E cadê a bola? Jair marcou mais um. Vadico também. Até o zagueiro que virou ala pela esquerda deixou o dele.

Elvira estava enlouquecida. Era como ela mais gostava de ver o Saracunas jogar.

– Pra cima deles! Pra cima! Pra cima!

A menina de tranças já tinha tomado soco, joelhada, testada.

E a arquibancada pulava, o ginásio estremecia.

Tanto sangue bombeando nas têmporas de Jair, que ele não escutava mais nada. Não via mais nada. A não ser a bola. A quadra. O jogo. Totalmente focado. Totalmente.

– Pra cima deles! Pra cima! Pra cima!

E foram. Até o final. Mas na consciência. Leque abre. Leque fecha.

Fim de jogo: Saracunas 5 × 1 Colégio Amendoeiras.

– E o olheiro? – perguntou Jair, correndo pro banco, para o Gomes, mal podendo respirar, dor em tudo que é lugar do corpo. – Cadê a &*##% do olheiro?

– Para de pensar nisso, garoto – ralhou o treinador. E mugiu: – Não ganhamos nada ainda. Tem a volta da semifinal, na quadra deles, agora. Tá pensando que vão se entregar? Conheço o técnico deles. O Pedroca. É um danado dum cascudo! E só se a gente passar...

– Tá bem! Tá bem! – disse o garoto, já sendo arrastado pra longe do técnico.

Elvira chegou saltitante. Puxou o Jair. Embrulhou-o numa toalha para evitar o suor e agarrou-se nele. Os outros jogadores chegaram também. Todo mundo se abraçando, pulando junto. Um bolo pulador. Gritador. A torcida cercou o time. O bolo ficou maior, mais fervente, mais suarento...

Era a glória!

DOZE

De: Delaney <delcb.nytochegando@adventurenet.com>
Para: "Rildo" <rildobb@tudofree.com.br>
Enviado do meu celular

Hi, cousin. How're ya? Olha, essa aqui vai ser mais rapidinha ainda. Só pra te contar que tão me transferindo pra Nova York. Isso mesmo! Dá pra acreditar? Três semanas e lá vou eu. Você vai dar mais sorte ainda. Pelo que me disseram, vão te levar direto pra lá, pra me encontrar. Vai largar pra sempre esse ".br" do *e-mail*, cara! Olha, nem adianta me responder. Tô indo daqui a pouco. A gente se vê... Onde? Onde? Onde o mundo é mundo, cara! LÁ!!! *Bye*!

TREZE

– Tá vacilando, meu irmão! Vai perder a chance! Meu primo falou de uma brecha! Se a porcaria da brecha fecha...

– Que história de brecha é essa?

– Ele não explicou. Vai ver que alguém recebeu uma informação, comprou uma dica... um vacilo na vigilância da fronteira. Na hora, achei que era isso. Tem toda essa coisa da política nos *States*, que anda cada vez mais braba pra quem tenta entrar. Daí...

– Tá, entendi – cortou Jair. – Mas você é que ainda não me disse onde arranjou a grana. É dinheiro à beça, Rildo! Onde é que você ia arrumar essa grana toda?

– Vendi umas coisas.

– Não tem mais a história da poupança?

– Teve. Não chegou. Daí, vendi tudo o que eu pude.

– O quê? Seu celular não, vendeu?

– Não, outras coisas.

– Você não tinha mais nada, Rildo. Tá mentindo pra mim. Por quê? O Fred já te ligou? Vocês combinaram alguma coisa?

– Não... Ora, daí eu contava pra você, não é?

– Não sei, contava? Depende do que vocês combinaram.

– Ei, qual é? Tá desconfiando de mim por quê?

– Só quero saber no que você tá se metendo. Não somos amigos?

– Os melhores amigos. Sempre fomos.

– Então?

– Então, o quê? E que negócio é esse de eu estar me metendo numa...

– ...roubada.

– Roubada nenhuma. E você, não tá comigo? Não tá *metido* também? – Jair ficou olhando para o outro, calado. Mas logo baixou a cabeça. – Não vai responder?

– Tem o campeonato, Rildo. A segunda semifinal é na quarta-feira. Depois de amanhã. E a final, no domingo.

– Dá tempo...

– E tem outras coisas.

– Que outras coisas?

– Rildo...

– A Vira-vira? Sua mãe?

– As duas.

– Você tá é com medo. Já disse: tá bancando o otário.

– Tem horas... que eu digo isso pra mim mesmo, Rildo. Acordo de noite me xingando. E não consigo dormir mais, pensando que estou perdendo... Que tô perdendo... Minha chance! Mas...

Jair não conseguiu terminar a frase. Era difícil dizer que perda estava sentindo mais ali. Rildo ficou um instante mudo, com algo escurecendo seu olhar, então balançou a cabeça, chateado:

– Não vou mais insistir com você, cara!

– Eu sei – murmurou Jair, lenta e tristemente.

– E eu tô indo.

– Sei disso também.

Silêncio entre os dois. E uma despedida muda, só no olhar. É que os dois eram amigos... desde sempre. Se conheciam... desde sempre. Tinham, os dois, a impressão de que, onde um estava, estava sempre o outro. Que sempre haviam feito tudo juntos.

Mas não dessa vez.

QUATORZE

Naquela noite, quando voltou pra casa, o pai estava na sala, assistindo à tevê. Tinha um jogo, e era o Flamengo jogando. Mas, só de olhar pra cara do pai, Jair adivinhou que Pejota dificilmente saberia dizer quem estava ganhando, se não tivesse o placar e o tempo de jogo estampado no canto superior da tela.

– Onde tá a minha mãe?

– No quarto – murmurou o pai. – A gente teve uma briga.

Isso não era incomum. Aliás, nas semanas antes da separação, eles brigavam quase todo dia.

– E por que você tá aqui?

Era também parte do *roteiro de praxe*. Eles brigavam, daí ele ia embora e ficava um dia ou dois sem aparecer. Depois, ele os via juntos, como se nada tivesse acontecido. Então, por que fizera diferente esta noite?

– Estou esperando ela se acalmar – disse Pejota.

– Ela só se acalma de manhã.

– Mas vai ter de ser diferente hoje.

– Por quê? – espantou-se o garoto.

– Porque eu já estou cheio dessa história. Essa separação é ridícula.

Jair sentou-se no chão, de pernas cruzadas e de frente para o pai. Estava tapando a TV, mas Pejota não reclamou.

– Todo mundo acha... – disse Jair. – Aliás, ninguém acha que vocês estejam separados. Não de verdade.

– Sua mãe acha.

– Ela é durona.

– Muito – murmurou Pejota, com um suspiro.

– Então, o que você vai fazer?

– Acho que vou ficar aqui, até ela aceitar conversar... e mudar de ideia.

– Aqui na sala?

Pejota olhou em volta.

– Você se incomoda?

– Não... a casa é sua. Estou torcendo por você.

Pejota riu:

– Eu sei, filho!

Nesse instante, a porta do quarto de Marina se abriu, ou melhor, se escancarou, com força, e bateu na parede.

– Ele tá com uma namorada! – disse ela, furiosa.

– Não estou nada! Você não entendeu o que viu – replicou, calmo, Pejota.

– Pai...

– Não se meta, Jair! – disse Pejota. E o filho calou-se. Não estava acostumado a levar uma dura dessas do pai. – Marina!

– Tava agarrado nela! Eu vi. Na portaria – acusou, mais irritada ainda, Marina.

– Se a gente está separado, eu posso agarrar quem eu quiser, não posso?

– E eu também.

– Quem você está querendo agarrar?

– Sei lá. Mas pode deixar que eu arranjo.

– Pode deixar porcaria nenhuma! Não tava agarrado com ela. Tava abraçado. Dei um abraço de parabéns na menina. É aniversário dela. É a Patrícia, filha do Cristóvão.

– O zelador?

– Conheço ela desde criança. E você também.

– Eu conheço é agarramento. Como essa guria cresceu tanto de repente?

– Ela fez 16 anos.

– Dezesseis? Aquela figura... Que mentira!

– Juro, Marina! Deixa de história! Tô falando, você conhece a garota.

– Conhecia! Mas ela agora usa mais maquiagem do que eu. Que raios de rugas está querendo esconder nessa idade?

– Você é que não tem reparado nela. Fez uma cena à toa, Marina... A garota ficou envergonhada.

– Não fiz cena. E dane-se a garota. Tive vontade de te matar! Jair ficou olhando para um, para outro, os dois trocando golpes, como se estivessem num ringue. Estava sobrando naquela cena. Tinha certeza de que acabariam se entendendo. Por alguma razão, no entanto, resolveu deixar a sala lançando uma frase assim, meio ao léu:

– Só quero declarar que, se vocês resolverem viver juntos de novo, eu aprovo, tá?

Foi dizer isso, deixar pai e mãe mudos, espantados, sem resposta, e bater em retirada.

Tinha muito com o que se preocupar. Estava ainda sem se entender depois da conversa com Rildo. E exausto, por causa do treino. E tinha mais no dia seguinte, depois do colégio. O Gomes queria todas as jogadas afiadas para a semifinal decisiva.

Só que, quando chegou ao ginásio do Saracunas, na tarde seguinte, encontrou o assistente do Gomes, e não o próprio, se preparando para iniciar o treino. Sentado no alto da arquibancada, afastado de todos, o treinador conversava com dois sujeitos. Um deles era diretor do clube. Aparecia de vez em quando no ginásio, mas nunca conversava com a garotada, somente com o Gomes. O outro, Jair não conhecia, mas alguém soprou no seu ouvido: "É o olheiro!".

No que escutou aquilo, o olhar do garoto procurou imediatamente o camisa 9, Vadico, que naquele mesmo instante procurava por ele, também com os olhos, ao mesmo tempo que se mantinha evidentemente ligado na cena, nos três homens conversando.

Gomes não parecia nada satisfeito. Balançava a cabeça, bufando, enquanto o diretor do clube gesticulava e falava sem parar. E o olheiro se mantinha entre os dois, sem dizer nada, com um sorriso no rosto. Um sorriso que não dizia coisa nenhuma, como se não tivesse partido naquela discussão entre os outros dois. Vez por outra, lançavam olhares para os jogadores, no treino. Jair teve a certeza de que algo estava sendo decidido ali.

QUINZE

Na semifinal decisiva, Gomes inventou de inverter as posições de Jair e Vadico. O camisa 7 seria o ala pela direita, o 9, pela esquerda.

– Para surpreender o adversário. Confundir os marcadores... – disse o Gomes.

Nenhum dos dois garotos gostou muito. Estavam acostumados a jogar em suas posições. No que a bola vinha chegando, nem precisavam olhar, um já sabia onde ia estar o outro, o que o outro ia fazer, um já corria para onde sabia que a bola ia estar, lançada pelo outro.

E não deu certo mesmo.

Dez minutos do primeiro tempo, e o Saracunas ainda não tinha chutado a gol, enquanto o Amendoeiras tinha chegado com perigo três vezes. Gomes pediu tempo.

– Tão querendo me derrubar? – mugiu o treinador para seus alas.

Jair ergueu o olhar naquele momento. Lá estavam, na arquibancada, o tal diretor do clube e o olheiro. Gomes reclamou:

– Tá me escutando, Jair? Ou quer vir pro banco pra poder pensar nos seus assuntos particulares, sem eu atrapalhar?

– Não, professor... – respondeu rápido Jair. Mas foi Vadico quem teve coragem de dizer:

– Não tá funcionando, professor!

– O quê?

– Essa inversão minha com o Jair. Não confundiu os caras. Confundiu foi a gente. O time está acostumado a lançar pro Jair e deixar ele enfiar pra eu chutar. Ou, então, eu passo pra ele, de pivô, e ele mata pelo meio. Tá tudo trocado. A gente nunca treinou isso. Tá ruim mesmo!

Gomes ficou olhando para o garoto, que baixou os olhos, com medo de ser substituído. O treinador tinha fama de nao gostar de opinião de seus jogadores. Mas, naquele instante, Jair flagrou um olhar rápido do treinador para trás, para a arquibancada, onde ele sabia que estavam sentados o diretor e o olheiro. Foi impressão do Jair, ou ele viu uma ponta de medo no olhar do Gomes? Então, ele bufou algumas vezes e disse:

– Então, vamos destrocar!

– Legal! – vibrou Vadico.

– Mas não de cara. Vocês entram em campo como estavam, e na primeira jogada destrocam. Na surdina. Isso, sim, vai confundir os caras.

– Tá feito! – disse Vadico. – Aqui, todo mundo!

O time juntou as mãos e gritou um *Vamos pra cima!*, o grito de guerra. Já iam retornando, quando Gomes puxou Jair pelo braço. Os outros entraram em campo. Gomes então lhe disse, ao ouvido:

– Você é o capitão, garoto! Você é quem devia ter dado o toque que o Vadico deu!

– Eu já tinha dito que essa coisa não ia funcionar – defendeu-se Jair.

– Mas foi ele quem disse na hora que tinha de dizer. Você tá ligado no jogo, garoto? Ou tá com outras coisas na cabeça?

– Vou pra cima deles, professor!

– Então, vai! – mugiu Gomes, e empurrou Jair de volta pra quadra. – Quero você decisivo, garoto! Vai!

DEZESSEIS

Fim de jogo: Saracunas 2 × 2 Colégio Amendoeiras.

Como tinha vencido o jogo de ida, o Saracunas passou pra final.

Vadico fez os dois gols do Saracunas. Foi ele quem a torcida carregou, no final. Quem teve seu nome gritado.

– Mas os passes foram seus, Jair! – disse Elvira, percebendo, logo que o abraçou, tudo que estava correndo na cabeça do namorado.

– Mas o que o olheiro viu foi o Vadico marcar dois gols. E ele empatou o jogo no minuto final.

– Nem precisava! Se vocês perdessem só de 2 × 1, iam pra final pelo saldo de gols.

– Mas ele empatou. Virou o herói da noite!

– Com passes seus. Isso acontece, não é? Ô, cara, o que tá havendo contigo? Você nunca se importou com essas coisas. Sempre foi mais o time! E o time está na final!

– Hoje, tô me importando! – replicou, aborrecido, o garoto. O diretor do clube e o olheiro só esperaram o apito do juiz para deixar a arquibancada. Gomes também não estava mais à vista, e Jair logo imaginou que os três estariam conversando de novo, avaliando o jogo, os lances... os gols do Vadico.

– Tá bom! O ginásio inteiro tá fazendo festa. Quer ficar aqui de cara amarrada?

Jair brecou, ficou um instante encarando Elvira, então respondeu:

– Não! Nada disso! Que bobeira! Os dois gols foram com passes meus.

– *Isso aí!* – exclamou Elvira, carregando o namorado pra zorra de braços, gritos, pulos, abraços... Era o Saracunas na final!

Já tarde da noite, quando estava entrando no prédio, viu uma sombra, num canto, se mexer. Levou um susto, mas em seguida o reconheceu:

– Oi, cara!

– Oi... – murmurou Rildo, já se aproximando. – Não tenho podido ir aos jogos. Faltei à primeira semifinal, a essa agora...

– Tudo bem.

– Mas não tô zangado com você. Juro que não.

– Eu sei. Mas na final você vai?

– Não sei se vai dar.

– Por que não?

– O Fred ligou.

– Ah... E aí?

– Vai ser terça-feira, cara. Já marcamos tudo.

– Dois dias depois da final.

– Você só pensa nessa droga de final, cara. E aí, se ganhar? E se for campeão? Vai continuar... aqui! Campeão do que mesmo? Ah... dessa porcaria miserável! Campeão do mato!

– Tá exagerando, cara! Se liga! É importante pra mim. O olheiro foi ver o jogo hoje.

Rildo ficou um instante em silêncio, olhando pro amigo. Então, disse:

– Tá, entendi... Acho que a gente tá se despedindo, né?

– Mas você volta... pra visitar a gente. Não volta? Um dia...

Rildo deu de ombros. Seu olhar flutuou por alguns segundos, então falou:

– Tchau, cara. Boa sorte na final. E com o olheiro.

Jair assentiu com um movimento de cabeça:

– Boa sorte... você também. Eu... sei lá, cara! Sei lá o que dizer. Sinto muito, tá?

Rildo ainda hesitou um instante, como se fosse dizer mais alguma coisa. Mas, não. Virou as costas e foi se afastando, caminhando lentamente, até Jair perdê-lo de vista, quando ele foi engolido pela parte mais escura da rua.

DEZESSETE

– Nos bons e maus momentos. Nos de lucidez e nas desparafu-sadas. Na saúde e na doença. Na alegria e na tristeza. Na far-tura e na dureza. Na contracorrente e na corda bamba...

– Para, Pejota! Cala essa boca boba! Tá me matando de vergonha!

– Pai! Mãe! O que é... isso?

Jair entrou na sala de repente e encontrou o pai ajoe-lhado, declamando, e a mãe, com um riso no rosto de delícia e espanto que o filho não via há tempos.

– Tô aqui bancando o idiota pra sua mãe aceitar voltar a viver comigo. Nada de mais. Você vai passar por isso um dia, meu filho!

– Deixa de ser ridículo! – disse Marina, ainda com a voz entrecortada pelo riso, ruborizada como Jair nunca a tinha visto.

– Quero parar de fingir pro meu filho que a gente não dorme mais juntos! – disparou Pejota.

– Vocês... o quê? – engasgou Jair.

– Ah, filho, até a Elvira já sacou – falou Pejota. – Só você não sabe. Ou, então, não quis saber... Olha aqui, Marina! O que eu quero... é acabar com essa besteira. Que separados que nada. A gente nunca esteve separado.

– Pejota! – exclamou, nervosa, Marina. Depois, tomou fôlego e disse: – Estou entendendo muito bem a sua tática. Você está querendo me deixar absolutamente sem graça, sem resposta, sem reação, sem... Eu não vou simplesmente me render a um capricho seu. Tenho de ver meu lado, meu momento, minha...

– É, nunca! – interrompeu-a Jair, recuperando-se do choque tão rápido quanto foi rápido entender que a *entregada* do pai não fora tão *chocante* (nem surpreendente) assim para ele.

– Separados, eu digo. Nunca estiveram. Meu pai tem razão.

– Como assim? Nós *estamos*...

– Perdendo tempo! – cortou Pejota. – O que a gente tiver de resolver nesta vida, vai fazer isso junto. É nossa...

– Nossa maldição...? – Marina soergueu os olhos.

– Nossa bênção! – corrigiu Pejota. – Depois daquela cena de ciúme, na portaria, com a filha do zelador, vai querer continuar enganando quem?

– Não dá! Não dá! – rosnou Marina. – A gente tem de focar em outras coisas, em sobreviver, em escapar do buraco, em... não na gente, não em... Que droga! Com uma crise dessas no país, será que a gente não tem coisa mais séria pra se ocupar do que pensar em romancezinhos? Eu lá tenho cabeça pra *isso*? É o que não aguento em você, Pejota. Você é um romântico, fora da realidade, um criançâo, um Peter Pan!

— A crise que se dane. Deixa de ser besta, minha Wendy! Chega! Enchi. Acabou a paciência. Eu quero você. Na crise e na chatice. No pódio e na segundona. E tem mais. Não volto para aquele apartamento lá de baixo. Nem que você me expulse daqui. Se fizer isso, vou acampar no corredor, na sua porta. Recitando poemas eróticos dedicados a você. Daqui, não saio. Já telefonei pro proprietário. Ele concordou em suspender o aluguel. Daí, *tamo* nós aqui. Sabe o que a gente tem de fazer? Sobreviver, sim. Deixar sobreviver o que a gente tem de bom. De bacana! De melhor! Não podemos deixar que eles tirem isso da gente. Não podemos deixar que acabem com isso. Sobreviver e manter a ternura. Apesar *deles*. Apesar das monstruosidades das primeiras páginas dos jornais. E a gente é muito melhor do que eles. Eles é que não são humanos. Eles é que são *coisas*. Mas, se a gente conseguir sobreviver, um dia eles *passam*, e a gente *sobrevive*... Como a gente é. Eles passam. Eles são o pesadelo. Eles passam. Marina, tem de acreditar. Eu prometo a você, Marina. Por meu amor a você, eu juro! A gente vai conseguir!

– Uau! – exclamou Jair. Sempre torceu para que o pai fizesse algo assim, tipo... totalmente surpreendente. – Legal, pai! Legal mesmo! Valeu! Golaço!

– Você devolveu seu apartamento? E suas coisas...? – gaguejou Marina.

– Aí fora, na porta.

– Mas fez isso sem conversar comigo? Como...?

– Fiz. A gente pode conversar agora tudo o que você quiser. Tenho tempo de sobra, contanto que seja aqui, ou melhor... no *nosso* quarto. Jair...?

– Já desapareci! Tchau!

Do seu quarto, o garoto escutou berros, choro, risadas, xingamentos, provocações e mais uma coleção de ruídos indistinguíveis, noite e madrugada adentro. Mas, de manhã, o pai não estava dormindo na sala. E a porta de entrada, fechada, combinada com as chaves dele em cima da mesa – que o garoto desconfiou que o pai havia deixado lá de propósito, bem à vista, como uma pista óbvia do que estava acontecendo – lhe disse que o quarto do casal voltara naquela noite, oficialmente e sem camuflagens, a ser o quarto do casal.

DEZOITO

No sábado, véspera da final, Elvira não estava com vontade de falar de futebol.

– Quando o pessoal das embaixadas suspeita que o cara não está indo pra lá só pelo turismo, sempre nega o visto. E tem ainda a preocupação com terroristas... Por isso essa porcaria que tão tentando vender pra você anda crescendo. Só no ano passado, mais de trezentas pessoas tentaram atravessar a fronteira e desapareceram. Essas são as que se sabe. As que foram encontradas. O que sobrou delas... Não há um número certo. Tem gente que diz que foram pra lá de duas mil. Muitas dessas pessoas deixam seu país sem dar notícia e morrem sem ninguém descobrir o que aconteceu. A família só fica sabendo que elas nunca chegaram aonde queriam chegar.

– Por que você está falando isso pra mim, Elvira?

A garota não deu atenção à impaciência de Jair. Continuou lendo uma matéria de duas páginas de um jornal.

– Tem quem vire almoço de tubarão, sabia? Tentando chegar na Flórida, saindo das Bahamas em barquinhos vagabundos superlotados. Pagam tudo o que conseguiram juntar na vida por uma beirada num bote desses, é quase suicídio certo. Tem quem tenta atravessar vindo do México e morre nas cercas, baleado pela polícia da fronteira. Ou no deserto, porque não aguenta a caminhada até as cidades, que é uma tortura. Ou os próprios coiotes os matam e ficam com tudo o que eles estão levando. Conhecia um cara que teve dois pedidos de visto negados. Daí, resolveu ir na marra. Foi encontrado no Deserto do Arizona, quer dizer, só a ossada. O pessoal de uma ONG, dedicada a esse tipo de coisa, que o achou. Foi identificado pelo DNA. Fazia mais de um ano que estava desaparecido, e a família sem saber dele.

– E eu com isso, Elvira? Já disse a você que não tô mais pensando nisso. Só quero saber da final do campeonato.

– E se nessa final você fizer um gol contra? E se o Saracunas perder por causa de uma bobeira sua?

– Sai pra lá, Elvira!

– Tô falando sério.

– Não vai acontecer! Prometo a você. Vou arrasar. Vou ser escolhido como o melhor jogador do campeonato.

E o olheiro vai me levar pra treinar num time de verdade. Quem sabe é no Mengão?

Travessia para os EUA mata seis brasileiros em um ano

Mortes de imigrantes do Brasil tentando cruzar do México para o território americano não eram tão frequentes desde 2007; desidratação e cansaço são desafios em região desértica

Especial
Cláudia Trevisan, enviada especial / Tucson, EUA.
27 Agosto 2017 | 05h00

TUCSON, EUA - Juntar dinheiro. Voltar ao Brasil. Comprar uma casa. Talvez abrir um comércio. Quando fez sua mala e iniciou sua aventura clandestina rumo a Boston, o mineiro Maycon Douglas de Andrade Fernandes tinha os mesmos sonhos de milhares de outros brasileiros que trilham esse caminho. O seu não durou 24 horas e terminou na aridez do Texas.

Há duas semanas, Fernandes se tornou o sexto brasileiro a morrer na travessia da fronteira sul dos Estados Unidos nos últimos 12 meses, período que registrou o maior número de vítimas em pelo menos uma década. [...] Pessoas que estavam no seu grupo disseram à família que Fernandes começou a passar mal no domingo, vomitou três vezes e morreu. Ele tinha 24 anos. [...]

A temperatura no deserto no sul do Texas e do Arizona se aproxima dos 40°C no verão americano e chega ao pico em agosto. O sol é inclemente e o risco de desidratação, imenso. A travessia pode durar dias, dependendo da região e do acerto com o coiote. Muitos não levam água suficiente e acabam padecendo no caminho. [...]

O Estado de S.Paulo. São Paulo, 27 ago. 2017. Reportagem especial: Pesadelo americano. p. A11.

Sobreviventes relatam série de abusos

Brasileiros que tentaram entrar nos Estados Unidos pela fronteira com o México revelam cotidiano de exploração de coiotes

Daniel Antunes, Belo Horizonte e Leonardo, Augusto/Governador Valadares, especiais para o 'Estado'
27 Agosto 2017 | 05h00

[...]

Em 2007, Priscila ([...] nome fictício), contrariando os pais, abandonou os estudos e pagou US$ 15 mil, arriscando a vida em uma rota alternativa para os EUA. A estratégia era entrar numa embarcação precária, passando pela Guatemala, até chegar a Porto Rico e, em seguida, até a Flórida.

"Tive medo se ser estuprada ou assassinada. As pessoas faziam uso de drogas e bebidas o tempo todo. Fiquei sem contato com meus parentes e a alimentação era restrita", contou Priscila, que foi presa em Porto Rico quando a polícia encontrou drogas no barco. "Fiquei 90 dias numa penitenciária, sob acusação de tráfico de drogas e imigração ilegal, sofrendo todo tipo de pressão psicológica. Só sabia chorar."

O Estado de S.Paulo. São Paulo, 27 ago. 2017. Reportagem especial: Pesadelo americano, p. A12.

A garota dobrou o jornal e o colocou de volta na bolsa. Estavam sentados na arquibancada do ginásio. O treino até que não tinha sido muito puxado. Só de colocação, jogadas ensaiadas, a tal da movimentação do "leque-abre-e-fecha" de que o Gomes gostava tanto e, claro, cobranças de pênalti, já que uma final pode até ser decidida assim. Elvira e ele haviam combinado de tomar um sorvete, depois Jair a deixava em casa e ia dormir o mais cedo que pudesse.

– Onde é que anda o Rildo? – perguntou Elvira. – Não aparece aqui faz dias. Vai me dizer que ele não vai assistir à final?

– Acho que não... – murmurou Jair, evitando o olhar da garota.

– Ele *vai*... não vai?

Jair assentiu com a cabeça, mudamente.

– Maluco! – exclamou a garota. Depois respirou fundo e olhou bem nos olhos de Jair:

– E você, como fica nisso?

– Eu quero ser campeão, Elvira! – disse Jair, sem hesitar, sem desviar o olhar. – Eu quero deixar aquele olheiro de boca aberta! Tenho certeza de que eu consigo. É minha chance! Eu prometo a você!

– Então, tá – disse a garota, sorrindo para ele.

DEZENOVE

Final do Campeonato da Liga Júnior Zona Sul 3.

Não tinha ida e volta. Jogo único.

Saracunas × Galocantô.

E nada de o leque do Gomes funcionar. Parecia que o Galocantô tinha assistido ao Saracunas jogar um milhão de vezes. Adivinhavam todos os movimentos. No que Jair caía para o meio e o zagueiro da esquerda avançava, eles plantavam o camisa 8 deles bem no centro do campo. O cara era muito rápido. Recebia a bola pelo alto, matava e partia pra cima do zagueiro do Saracunas, que tinha de parar ele no mano a mano, às vezes com falta.

A bola mal chegava ao ataque do Saracunas. E, quando chegava, como tinha um Galocantô na marcação para cada Saracuna, vinha espirrada, dividida, torta. Era um jogo quase todo de intermediária para intermediária.

– Marca o 8, Jair – gritou o Gomes. – Não desgruda dele!

Jair obedeceu e recuou. Mas não gostou nada da ordem do técnico. Quanto mais distante ficasse da área do adversário, mais difícil seria marcar um gol. E parece que era justamente essa a intenção do técnico do Galocantô: afastar Jair da armação.

– Pelo menos, *eles* já sabem quem é *decisivo* aqui – resmungou o garoto.

Mas a briga continuava difícil. Vez por outra, a bola alcançava Vadico, lá na frente, ou o lateral avançado, e daí esbarravam no paredão dos três defensores do Galacantô, bloqueando a área. A bola ficava mais para a defesa, que aí lançava o mais rápido que podia, confiando na velocidade do camisa 8.

Na arquibancada, o olheiro e o diretor do clube, aos cochichos, conversavam sem parar. Volta e meia, Jair olhava para eles, mas logo se segurava. Tinha de prestar atenção no jogo. No camisa 8. Nas bolas levantadas por trás da linha de meio--campo do Saracunas.

E foi numa dessas que Jair saltou, matou a bola no peito, ainda no ar, e desceu já girando, deixando o camisa 8 às suas costas.

– Passa a bola, Jair! – gritou o Gomes, gesticulando em desespero, como se fosse levantar voo. – Olha o Vadico!

Jair desceu com os dois pés no chão, a bola deslizando ainda, na altura da coxa, a cabeça erguida... E ou foi o grito de

Elvira, contrariando a ordem do técnico ("Clareou, Jair! Enfia o pé!"), que ele escutou, não se sabe como, no meio da gritaria da arquibancada, ou foi mesmo uma faísca na sua cabeça, e ele encheu a canhota...

– Não! – berrou Gomes. – Tá muito longe.

Mas engoliu o berro quando viu o canhotaço de Jair raspar nos dedos do goleiro, atravessar o ângulo e ir afundar-se na rede.

– Gol! Gol! Golaço!

A arquibancada começou a berrar o nome do Jair. Na quadra, ele sentia o rosto ferver. O coração disparar. E mais e mais gritava a arquibancada.

Outra bola pelo alto. Dessa vez, Jair não ia ter tempo de chegar junto do camisa 8, que já corria para a borda direita da área. Jair, então, no reflexo, arriscou um corta-luz e saiu pela direita do camisa 8, num drible de corpo. Quase como se lesse seus pensamentos, o zagueiro, lá atrás, adivinhou o movimento de Jair, matou a bola e enfiou de pronto, pelo alto. Jair pegou mais na frente, já fora do alcance do camisa 8. Veio então um zagueiro do Galocantô pra cima dele.

E foi aí que Jair fez seu lance mais lindo. Uma caneta, bola metida bem entre as pernas do zagueiro, novo drible de corpo e, sem olhar, mais uma vez, adivinhando para onde o companheiro ia correr, rolou a bola. Vadico entrou na brecha e encheu o pé.

Saracunas 2 × 0.

E final do primeiro tempo.

– *Tamo* com dois na frente! – instruiu Gomes no intervalo.

– Vamos fechar a casinha. Jair continua recuado, mas recua também o nosso zagueiro esquerdo. Vamos fazer que nem eles fizeram com a gente no primeiro tempo, um 3-1. E taca de meter bola pro Vadico.

Jair pensou em protestar. Mas se calou. Achou melhor deixar pra resolver na quadra...

O Galocantô viu logo o recuo do Saracunas e partiu pra cima. Descontaram, sempre com seu camisa 8, antes dos cinco minutos do segundo tempo.

Saracunas 2 × 1 Galocantô.

E bota o Saracunas pra sofrer. Era tudo ao contrário do primeiro tempo. O goleiro deles jogava de goleiro-linha, saindo da área com a bola dominada. Até chutar a gol o sujeito arriscou. O Saracunas não estava tão acostumado a deixar o adversário tomar a iniciativa, e Vadico, lá na frente, não recebia bola limpa. O time olhava para o Gomes esperando alguma mudança na tática de jogo, mas o técnico só fazia sinais com a mão, pedindo pro time se segurar, para ter paciência.

– Joga bola no Vadico! – gritava.

Doze minutos de jogo. E era o Galocantô que começava a entrar no desespero. Tanta pressão, e nada de empatar. Quinze minutos de jogo. Dezesseis, dezessete...

– Avança, Jair! – gritou Gomes. Era jogada ensaiada.

Rente à lateral, o garoto enfiou-se no ataque, e dessa vez a bola veio no pé dele. Só que dois zagueiros deram o bote.

Dois.

Erro de marcação!

Se dois estavam nele, então tinham deixado Vadico livre...

Jair levantou a cabeça, viu Vadico se infiltrando pela cabeça da área e já sabia que ele ia, na sequência imediata, guinar para a direita. Deu sua tradicional cavadinha, levantando para Vadico, que já alcançava a borda da área. O goleiro veio para cima dele. Vadico, de pivô, cabeceou para o meio. Jair avançou, já sentindo o tirambaço que ia dar na bola, já tensionando a canhota para trás, já erguendo a cabeça e vendo o gol livre, o goleiro do Galocantô derrapando, junto de Vadico, então...

A pancada veio por trás e levantou o garoto no ar. Ele nem havia aterrissado, o grito de dor ainda nem havia saído todo de sua boca, e a arquibancada já se levantava urrando:

– Pênalti! Pênalti!

Foi pênalti.

Vadico olhou para Jair. Jair olhou para Vadico. E os dois olharam para a arquibancada, onde estava o olheiro e o diretor do clube. Mais uma ou duas trocas de olhar e Vadico fez sinal de positivo para Jair. O garoto assentiu com a cabeça e sorriu para o companheiro, agradecido.

Daí, foi aquilo de posicionar a bola. Tomar distância. Esquecer a arquibancada – o lado do Saracunas em silêncio;

o lado do Galocantô assoviando e vaiando como se fosse vento bravo em alto-mar.

Jair olhou para o goleiro. Olhou bem nos olhos dele. E o goleiro olhou bem nos olhos de Jair. Com os lábios, sem dizer, o goleiro fez: "Você vai errar!".

Jair correu para a bola. O goleiro flexionou os joelhos. Era bom mesmo, o danado. Preparou-se para pular, mas ainda sem escolher o lado. Ia esperar o chute e confiar no seu reflexo. Se Jair não batesse na perfeição, ele pegava.

Só que foi rasteiro e no canto. O goleiro saltou, mas a bola já havia passado.

"Gol! Gol! Gol!", comemorou freneticamente a arquibancada.

Elvira já estava rouca, o coque desfeito, suadaça... Pulando abraçada a uma garota que não sabia nem nunca ia saber quem era.

Saracunas 3 × 1 Galocantô.

Jair, então, olhou de novo para a arquibancada. Como se pudesse cravar os olhos nos olhos do olheiro. Viu que o sujeito sorria. E olhava para ele. E aplaudia. O diretor do clube, nessa hora, estava sério, calado. Mas, logo, meio sem vontade, começou a aplaudir também.

VINTE

No vestiário do clube, quando Gomes puxou Jair para um canto, o garoto sorriu. Olhou para um lado e para o outro, procurando o olheiro, mas o homem não estava lá.

Gomes respirou fundo, bufou, respirou fundo de novo, então disse:

– O olheiro escolheu o Vadico!

Jair ficou olhando para ele. Demorou alguns segundos antes de o sorriso se desfazer em seu rosto. Gomes repetiu:

– Foi isso! O olheiro só tinha encomenda pra um jogador. Escolheu o Vadico.

– Por quê...? – gaguejou Jair. – Eu...

– Por que, não sei. Vá perguntar pra ele.

O garoto olhou em volta. Não tinha reparado ainda, mas viu então que Vadico havia desaparecido do vestiário. Mal se lembrava de terem entrado juntos, no meio de tanto abraço, tanta festa, tanta comemoração pelo título.

– Eu fui o artilheiro da competição. Me elegeram o melhor jogador do campeonato! – disse Jair, voz trêmula, quase enfiando no nariz do técnico as medalhas, penduradas no seu peito, a de campeão, de artilheiro, de melhor jogador...

– Eu sei... – replicou o técnico, impaciente. – O olheiro sabe. Todo mundo sabe.

– O senhor disse que ele era seu amigo, conversa com ele.

– Não posso, Jair.

– Mas o senhor disse... Gomes! Não faz isso comigo! Me fala a verdade! O que aconteceu?

Gomes bufou novamente. Olhou para os lados, para ter certeza de que ninguém o escutava, então disse, em voz baixa.

– Sabe o diretor do clube? Aquele que anda aparecendo por aqui...? – Jair assentiu. Gomes continuou: – Empresário de jogadores.

– Não tô entendendo.

– Fora daqui. Para clubes grandes. É empresário de jogadores. Já tem 20% do primeiro contrato que o Vadico assinar. E daí em diante, por toda a carreira dele, 20%. O olheiro ficou com 5%.

– Eu... Mas eu fui escolhido... – balbuciou Jair, agarrando-se nas medalhas de novo.

– Isso tava decidido desde a semana passada, menino! – falou Gomes, elevando a voz. As bochechas dele tremiam intensamente e estavam ficando quase roxas. Jair ficou olhando para o treinador, sem acreditar... Gomes bufou mais algumas vezes, então esfregou a mão no rosto rechonchudo e disse: – O negócio é grana, garoto. Grana pra cá e pra lá. Cada um pega uma garfada. Aproveita, você teve aqui uma lição do que é este país hoje em dia. Você ia ser melhor pra qualquer clube. Ia sim. Mas, aí, tem as garfadas. As porcentagens.

– Semana passada...? – murmurou Jair.

– Isso... Tudo decidido.

– Quer dizer que nada do que eu fiz hoje na final adiantou droga nenhuma.

– Não entendeu ainda, menino? Não foi coisa decidida na quadra. Foi tudo uma questão de grana! Grana!

– Professor... o senhor também?

– Uma garfada pra mim? Não... eles não precisavam de mim pra nada.

– Mas, então, fala com o clube. O cara é um diretor. Não pode fazer isso, pode? Se os outros da diretoria souberem...

– Ficou doido, menino!

– Mas...

– Eu tenho mais de 60 anos. Preciso desse emprego. Se me chutarem, tô lascado. Não tem emprego nenhum neste país para ninguém, ainda mais para um técnico de time que ninguém conhece. O que você quer? Tem nego com diploma por aí vendendo bala e pano de chão nos sinais de tráfego, na rua.

Não se tocou que fomos pra breca? Pro espaço! Pro saco! Pro esgoto! Pra vala! Pra tumba! Nos ferramos! E quanto menos gente sobrar, menos custos pra eles. Menos aposentadoria, menos velhos doentes, menos crianças com fome... Então, ótimo! Menos gente pra cobrar deles. É isso. Dane-se você. Dane-se todo mundo! Não... Eles não precisaram me comprar. Precisaram somente...

– Garantir seu emprego! – disse com raiva, Jair.

– Isso mesmo! Entendeu agora? – disse Gomes, fazendo um movimento para se afastar.

– Mas é a minha vida, professor! Gomes, por favor! – disse Jair, retendo o treinador pelo braço.

– E a minha também! – replicou Gomes, soltando-se com um safanão. – Você é garoto ainda. Você se arranja!

VINTE E UM

A torcida já havia ido embora. E fazia tempo que Elvira estava na porta do vestiário, esperando. E cada vez mais sobressaltada, mais tensa, sabendo que aquela demora não poderia ser bom sinal.

Viu Gomes sair apressado. Cara amarrada. Querendo se safar. Mas um treinador não pode evitar os apertos de mão, os abraços, tapinhas nas costas. Logo, foi carregado por um grupo para fora do ginásio. Falavam em comemoração. A cara dele era de quem não queria comemorar nada. Elvira estranhou mais ainda...

A equipe da limpeza chegou, percorrendo as arquibancadas, a quadra. E ela na porta do vestiário. Esperando. Mordendo os lábios. Torcendo contra seus pressentimentos.

Então, o garoto saiu e veio ao seu encontro. Mal olhou para ela.

Com passos arrastados, avançou pela quadra, até ficar de frente para as traves onde havia marcado o gol de pênalti. Ficou ali parado, até que Elvira veio para junto dele e o puxou para a saída.

Jair não teve de contar nada para Elvira. Ela adivinhara toda a história – pelo menos, no essencial –, mal viu o rosto dele na saída do vestiário.

Lá fora, caminharam lado a lado, sem se dizerem coisa alguma. Num banco, já afastado do ginásio, ele se sentou, e ela se sentou junto. Então, ele começou a falar... Contou tudo. Repetiu. E de novo. Várias e várias vezes. Tinha lágrimas nos olhos o tempo todo. De raiva. De qualquer coisa amarga que ele nunca havia experimentado e que agora sentia com uma intensidade capaz de roubar sua respiração. E várias vezes teve de parar, respirar fundo, controlar o enjoo, a vontade de pôr tudo pra fora, a dor. Então, contava tudo outra vez. E mais os lances do jogo. Repetia, repetia. E toda a conversa outra vez, outra vez.

Até ficar exausto e se calar.

Então, quando percebeu que ele havia terminado, enfim, Elvira perguntou:

– O que você vai fazer agora?

– Nada do que a gente faz adianta, entendeu? Não adianta se esforçar, não adianta fazer o que tem de fazer... Fazer o melhor que se pode... Aqui não adianta.

– Tô perguntando o que você vai fazer agora, Jair – insistiu a garota.

Jair olhou para ela, sem querer responder.

A garota, mais uma vez, adivinhou tudo, sem precisar de palavras.

E foi calada que se levantou. Lágrimas nos olhos também, então se inclinou para ele e beijou de leve seus lábios.

– Boa sorte! – deu dois passos, se afastando, depois retornou, olhou bem nos olhos dele e disse: – Seu imbecil!

Então foi embora de vez, deixando-o sozinho com sua decisão.

Brasileiro pula muro da fronteira dos EUA e fica 90 dias preso

Wellington Aleixo decidiu ir de forma clandestina de Tijuana, no México, para San Diego, nos EUA, mas foi pego pela polícia

José Maria Tomazela / Sorocaba, O Estado de S.Paulo
15 Janeiro 2018 | 05h00

SOROCABA - O brasileiro Wellington Waldecy de Oliveira Aleixo [...] entrou clandestinamente nos Estados Unidos pulando o muro na fronteira com o México [...]. Preso pela patrulha da fronteira americana, ficou quase três meses incomunicável [...].

"Passei fome, frio e fui tratado pior que bandido, como se fosse um animal. [...] Estou decidido a enfrentar a vida aqui mesmo. Descobri que o sonho americano é ilusão"[...].

O Estado de S.Paulo. São Paulo, 15 jan. 2018. Disponível em: <https://internacional.estadao.com.br/noticias/geral,brasileiro-pula-muro-da-fronteira-dos-eua-e-fica-90-dias-preso,70002150822>. Acesso em: 8 fev. 2019.

VINTE E DOIS

– É um cara! – respondeu Rildo, ao telefone. – Compra motos usadas.

– Você quer dizer *motos roubadas*!

– Eu não roubei moto nenhuma. Era do meu irmão mais velho.

– A que ele usa pra fazer entregas – apertou Jair. – É roubo, sim, Rildo. E uma tremenda sujeira com seu irmão.

– Quando eu estiver trabalhando nos *States*, mando dinheiro para ele comprar uma muito melhor. E nova!

– E, até lá, ele fica sem trabalho! Rildo! Essa foi pesada.

– Eu tinha saída, cara? Tinha outra saída? Você sabe quanto a coisa vai custar?

– Sei, e a moto do seu irmão não ia dar nem pra metade. Moto roubada rende pouco. E a dele não era nenhuma potência.

– Eu... fiz também umas vendas de um material do Fred! Umas coisas... por aí. Pra completar a grana.

– Que história é essa, Rildo? Em que você se meteu?

– Não pergunta, Jair!

– E foi como o Delaney conseguiu a grana dele?

– Não, ele arrumou uma moto legal. Paga bem mais, entende? Daí, é com outro cara. Foi o Fred quem indicou. É com esse que você vai falar.

– E de quem era a moto que o Delaney pegou?

– Isso eu não sei... Sei é que já tô com o dinheiro. O encontro com o Fred é amanhã. Você...?

– Deu tudo errado pra mim, meu irmão! – disse Jair, sentindo de novo os olhos arderem.

– Então, vem, cara! Vida nova!

Jair ficou calado um instante, antes de perguntar:

– Onde você vai se encontrar com o Fred?

– Ele não quer que eu conte. A não ser que você esteja vindo também. Vem, cara. Em uma semana a gente tá trabalhando nos *States*. O Del já está em Nova York.

– Você falou com ele?

– Não... ainda não deu. Mas, ele me escreveu dizendo que estavam levando ele para lá. Já deve ter chegado. Logo, vamos estar os três roletando em Manhattan! Imagina só, cara! – e cantarolou: – *New York! New York!*

– Na música não tem cerca. Nem deserto. Nem coiotes.

– Para de papo negativo, cara!

– Onde é o encontro?

– Você vem?

– Vou – disse Jair. O rosto de Elvira veio à sua cabeça, e ele fez uma força danada para afastá-lo. Não conseguiu. Mas, pelo menos, foi capaz de dizer: – Não tem mais nada pra mim aqui. Rildo passou o local e a hora, combinaram de se encontrar lá, então se despediram e desligaram. E foi só aí que Jair pressentiu alguém às suas costas. Virou-se... E deu com a mãe, na porta do quarto, com a extensão do telefone na mão e uma expressão latejando no rosto entre fúria e espanto.

VINTE E TRÊS

A moto estava estacionada no lugar de costume, na frente do prédio do fundo do quarteirão onde Jair morava, num recuo da fachada. Um prédio conhecido – alguns amigos de Jair, colegas de colégio e até um companheiro do Saracunas moravam ali. Jair vivia entrando e saindo. E, àquela hora, não havia ninguém passando na rua, nem de bobeira nas portarias em volta, nem pessoa alguma na janela que pudesse vê-lo, desconfiar de alguma coisa e dar o alarme. Para todos, mesmo que o vissem, seria mais um entre tantos garotos da vizinhança, de rosto familiar, embora poucos fossem se lembrar ao certo de seu nome ou em que prédio morava.

Jair conhecia o dono daquela moto. Era filho do zelador do prédio e também, como o irmão de Rildo, motoqueiro, desses que passam zunindo, costurando entre os carros, tocando aquela buzina chata o tempo todo, tendo de botar velocidade nas coletas e entregas, ou seria demitido – havia uma fila enorme esperando vaga. Como tantos outros garotos, nesse serviço, já fora atropelado – ou se enfiara na traseira ou na lateral de algum veículo, tendo o seu próprio corpo como *lataria*. E mais de uma vez. Diferentemente de outros, fora mais sortudo, sobrevivera aos dois acidentes, mas não a sua moto. Pelo menos, não ao segundo acidente.

Aquela moto era nova, o pai dele a tirara num consórcio fazia dois meses. "Uma moto de verdade pra você poder se safar no meio do trânsito! Chega de levar tranco!", dissera o pai. Ia levar uns anos pagando as prestações, mas ficara feliz pela compra, orgulhoso de poder dá-la ao filho para ele trabalhar. Anunciara para a rua inteira. Estava praticamente zero-quilômetro, só um pouco suja, já que o garoto era meio desleixado. Mas valia bastante. O suficiente, calculou Jair.

Jair sabia que o garoto, a essa altura, já teria voltado da escola noturna, o EJA, onde tentava terminar o Ensino Médio. Chegava tarde, depois da meia-noite. Daí, estacionava a moto naquele canto – já que o síndico não deixava que a pusesse na garagem, junto com os veículos dos moradores –, passava a corrente e subia correndo para comer qualquer coisa e cair na cama. Pegava no serviço sempre cedo, seis, às vezes sete dias na semana, dependendo da necessidade e dos extras que lhe ofereciam para trabalhar domingo.

Não imaginava que sua moto poderia ser roubada junto do prédio onde o pai trabalhava. E onde, aliás, não havia vigia noturno. Havia uma câmera filmando a calçada que provavelmente registraria o roubo. Mas Jair não estava preocupado em ser reconhecido. Raciocinou que, quando fossem verificar a gravação, ele já estaria longe. Muito longe.

Só tivera tempo de enfiar na mochila duas cuecas, dois pares de meias e embolar duas camisetas e um casaco. E escova e pasta de dentes. Isso tudo na corrida, com Marina esmurrando a porta, ora gritando o nome dele, ora o do pai, que chegou correndo, assustado com o nervosismo da mulher. Então, ele escancarou a porta, deu um drible de corpo nos dois e escapou para o corredor, e dali para as escadas, com sua mãe gritando:

– Você não sabe o que está fazendo! Quer morrer, desgraçado? Volta aqui, Jair! Meu filho, volta, pelo amor de Deus!

Os gritos dela e o desespero da sua voz soavam repetidamente na cabeça do garoto. Era enorme o esforço que ele fazia para calá-los. Esforço inútil.

Quando pôde parar de correr, recuperar o fôlego e encontrar um orelhão – coisa cada vez mais rara num tempo em que todo mundo tem celular –, telefonou para o número que Rildo havia lhe dado.

O tal cara que comprava motos roubadas não fez questão nenhuma de parecer simpático, ao telefone. Com maus modos, perguntou se a mercadoria não era "porcaria":

– Não aguento quem tenta me empurrar porcaria! Quebro logo a cara do otário. Não tô nessa de pagar uma merreca por mercadoria ruim e ganhar outra merreca na revenda. Se for isso que você tiver pra negociar, e se contentar com um trocado, vai tentar passar sua droga de moto aí na rua. Meus clientes exigem coisa boa. Não pode ser moto de motoqueiro de entrega, que não anda nada. Tem que ser máquina de gente grande, ou não serve.

– É de motoqueiro de entrega. Mas não é porcaria. Boa moto. Nova.

O sujeito, então, perguntou a marca, o modelo, o ano, as condições gerais do produto...

– Sabe fazer ligação direta? Não tem alarme?

– Alarme, não. Corrente. Eu me viro.

Era a parte mais difícil. Ou seria, se Jair não tivesse visto o garoto chegando um dia e jogando o capacete dentro de um armário, na mesinha do zelador, na portaria. E as chaves dentro do capacete. Preguiça do cara... já perdera a conta das vezes que saíra correndo de casa para fazer uma entrega urgente e somente quando montara na moto se lembrara de que havia esquecido de pegar o capacete e as chaves em casa. Foi a maneira mais prática que encontrou para resolver o problema. E ninguém abria aquele armário da mesinha. A não ser o pai dele. Pelo menos, até aquela noite, nunca ninguém havia aberto. Na portaria, ia ser fácil entrar. Era só esperar um morador, chegando ou saindo, para lhe abrir a porta. Ele era uma *cara conhecida*, não era?... Se demorasse, podia dar uma forçada no trinco velho.

No telefone, o sujeito resmungou qualquer coisa sobre o ponto de entrega. Pagava em dinheiro.

– Mas, olha lá, garoto! Não vacila comigo!

– Como assim?

– Se aparecer por lá com mais alguém, acompanhando você na moita... se você for um X-9...

– Um quê...?

– Dedo-duro! Cana! Polícia! Puxa-saco dos *homi*, tentando prestar serviço pra eles à minha custa... Se for um desses, eu acabo com você, garoto! Te queimo na hora!

– Não sou nada disso! Só preciso da grana!

– Certo. Pode vir! Para a moto e espera. Vou ver você chegar. De longe. Você não vai saber quem eu sou, mas vou ver você. Garanto que vou, tá? Se tiver tudo limpo, e se eu gostar da moto, apareço e a gente faz negócio!

– Tá bem.

Marcaram hora e lugar.

VINTE E QUATRO

O encontro com Fred foi marcado à meia-noite, ali mesmo no bairro, mas numa das ruas bem de dentro, sem trânsito nem gente passando.

Jair chegou de bicicleta. Rildo estava encostado no carro. Fred ao lado dele, fumando. Não tinha fumado no bar. E não havia mais aquele tom amistoso, cativante, em sua voz, quando disse, irritado, a Jair:

– Está atrasado, garoto! Pensa que isso aqui é brincadeira?

Rildo ficou de cabeça baixa, calado, agarrado numa sacola de lona onde devia estar tudo da sua vida que ele decidira levar. Fazia meia hora que escutava as reclamações cada vez mais irritadas de Fred com a demora de Jair. Ele e Jair trocaram um cumprimento de cabeça. Jair encostou a bicicleta no carro. Não chegou a desmontar, somente apoiou um pé no chão.

– Mas que &*$#@ é essa? – exclamou Fred, arregalando os olhos para a bicicleta. – Tá pensando que vai levar isso com você? Trouxe a grana?

– Não... – murmurou Jair.

– Como não? – disse Fred, elevando a voz. E soltou uma espécie de riso, meio de espanto, meio de deboche, olhando para Rildo: – Seu amigo não entendeu o lance? Você explicou tudo a ele, não explicou?

Rildo continuou calado. Mais do que isso, assustado. Não tinha ânimo sequer de olhar para Jair. Fred vasculhou a rua, nervoso. Jair, então, disse:

– Eu não vou.

– Como é que é? – apertou Fred.

– E acho que você também não pode se meter nessa, Rildo – disse para o amigo. – Tá tudo cheirando mal.

Fred avançou para Jair e, com uma força e brutalidade que surpreendeu o garoto, arrancou-o, pela gola do casaco, da bicicleta.

– O que tá cheirando mal? Você acha que está lidando com crianças, garoto? Acha que eu sou um idiota? – e voltando-se para Rildo, sem parar de sacudir Jair: – Você sabia disso?

– Não... – sussurrou Rildo, sempre de cabeça baixa.

– Me solta! – exigiu Jair.

Fred, em resposta, deu uma sacudida ainda mais violenta no garoto e depois um tapa no ouvido esquerdo dele, que fez tudo zumbir dentro de sua cabeça.

– Deixa ele ir embora – disse Rildo, finalmente erguendo um pouco a cabeça. – Eu tô dentro. Já te dei minha grana, não dei?

– E o que contou pra esse idiotinha aqui? – inquiriu Fred.

– Nada... – murmurou Jair. – Ele não sabe de nada.

Fred parecia cada vez mais nervoso, olhando para os lados sem parar. Então, disse, arrastando Jair para a traseira do carro:

– Aqui não é seguro. Esse garoto pode ter trazido alguém.

– Alguém? – murmurou Jair.

– A polícia! – berrou Fred. – Vocês estão armando para mim? Estão? Eu vou descobrir! –E, enfiando a chave na fechadura do porta-malas, abriu-o, empurrando Jair para dentro. – Entra aí!

– Não! Me larga! – Jair começou a se debater e a berrar, pedindo ajuda, e Fred forçando-o para dentro do porta-malas.

Rildo assistia à cena paralisado. Fred ordenou:

– Seu amigo é forte. Me ajuda! Não é seguro aqui. Precisamos... resolver isso em outro lugar! Vem cá, Rildo! Vem logo me ajudar!

Rildo não se mexia. Fred livrou uma mão e esmurrou Jair. O garoto tonteou e foi o bastante para Fred jogá-lo dentro do porta-malas. Mas Jair se recuperou. Com os pés, evitou que Fred fechasse a tampa e continuou a gritar, pedindo ajuda. De repente, Fred sacou uma pistola da parte de trás da calça e apontou-a para a cabeça de Jair.

– Fica quieto, seu &### da #$$#@! Ou eu te mato agora mesmo! Rildo...!

Rildo recuou alguns passos, boca aberta, olhos arregalados...

Jair se encolheu no fundo do porta-malas, mas com os pés continuava bloqueando a tampa.

– Seu desgraçado! – exclamou Fred. – Ainda vai me fazer sujar meu carro com seus miolos! Vá pro inferno!

Nesse exato instante, uma patrulhinha da polícia fez a volta na curva e entrou na rua, brecando exatamente do lado do carro. Fred não teve tempo de guardar a arma. Rildo se encostou no carro mais assustado ainda. Jair pôs a cabeça para fora, gritando por socorro...

Se alguém, escondido atrás de alguma janela da rua, estava vendo a cena e chamou a polícia, ou se foi uma coincidência salvadora, nunca iria se saber.

– Larga a arma, cara! – berrou o policial, saltando protegido atrás da porta, mas com a escopeta apontada para a cabeça de Fred. Do lado do motorista, outro policial logo saltou também e, agachado na traseira da patrulhinha, apontou sua pistola, reforçando:

– Larga a arma, senão leva chumbo!

Um segundo, dois, três... Todos congelados. Fred ora apontando para o guarda com a escopeta, ora para o outro guarda, ora para a cabeça de Jair, paralisado dentro do porta-malas.

De repente, Fred enxergou alguma coisa no fundo do porta-malas. Um reflexo da luz da rua, algo dourado, brilhando ali. Algo que o fez arregalar os olhos, espantado, como se visse um fantasma. Sua voz pareceu soar num sotaque castelhano muito mais forte e rascante, quando ele gritou para os policiais:

– Bando de &&88&&**&& da ##$$##$$! Ninguém vai me meter numa imundície de cadeia nessa %¨&¨%$ de país! Não!

– Ele vai atirar! – berrou o guarda com a pistola, já fazendo dois disparos em sequência.

Fred revidou os tiros e tentou se abrigar, agachando-se atrás da traseira do carro. As balas de sua arma cravaram-se na patrulhinha. O guarda na traseira do carro esvaziou o pente da sua pistola em uma rajada de tiros. Nenhum acertou Fred. O ar da noite foi rasgado por ruídos de metal sendo rompido, estalos secos, cheiro de queimado, projéteis disparados e ricocheteando em todas as direções. Já o policial da escopeta disparou uma única vez. O projetil atravessou a lataria do automóvel e o peito de Fred, impulsionando-o para trás, num voo curto, rasante, que deixou um rastro de respingos de sangue que despencaram sobre Jair, o carro e a calçada. Fred tombou de costas a quase um metro do carro. Já estava morto antes de bater no chão.

Trêmulo, berrando, em pânico, Jair foi retirado pelos policiais do porta-malas. Então, viu algo embolado, junto do pneu dianteiro do carro. Algo meio agarrado no para-choque, meio com a cabeça pendida, o corpo frouxo. Sabia que não era Fred. Não quis acreditar que sabia, sim, quem era. Nem que aquela mancha escura, que ia se espalhando na camiseta dele, era sangue. Emitiu um lamento rouco, um grito, ou talvez um gemido. E chamou pelo nome, mesmo sabendo – mas também sem querer acreditar – que ele não iria responder:

– Rildo!

VINTE E CINCO

– Nós o conhecíamos por muitos nomes... – disse o agente da PF. – Ramiro... Romerito... Estebán... A nacionalidade é incerta. Vocês escaparam por pouco, garotos. Reconhecem isto aqui...? – disse, mostrando algo protegido dentro de um plástico.

Era um adesivo dourado, que refletia a iluminação da enfermaria. Estava rasgado nas bordas. A figura mostrava King Kong. Era possível ler os dizeres: *NY! CHEGUEI!* O pedaço com a loura do filme havia ficado na mochila de onde fora arrancado por Delaney.

Rildo arregalou os olhos e seu corpo deu um solavanco, como se ele fosse se sentar. Uma pontada na virilha, onde havia sido atingido, repuxou toda a sua barriga e, com um gemido, deixou as costas caírem de volta no leito da enfermaria, sentindo a ferida latejar por baixo dos curativos.

Jair teve uma reação semelhante. Primeiro, o susto, depois, lentamente, a compreensão do que aquele pedaço de adesivo significava, ali, na mão do federal.

– Delaney... – murmurou Rildo.

– Amigo de vocês, não era?

– Primo – disse Rildo.

– Ele está...? – arriscou Jair. E o olhar do investigador, com um tanto de pena, outro de deboche, pela ingenuidade deles, e por ainda fazerem a pergunta, foi o suficiente para calá-lo.

– Deve ter andado no mesmo porta-malas que você – disse o policial, sorrindo. – Foi só isso que conseguiu deixar como pista do que aconteceu com ele. O bandido enxergou esse adesivo, largado no porta-malas. Daí, reconheceu, percebeu que era uma prova do que ele fez com o garoto, e hesitou com a arma na mão. Vocês sabem como é, não sabem? Guarda de rua não está lá para levar tiro. Na dúvida, dispararam. O que é a vida, né? E a morte – acrescentou, rindo. – No final, o garoto entregou o bandido mesmo depois de... Bem, vocês sabem. Acontece cada coisa, né?

– Os *e-mails* que o meu primo me mandou... – ainda murmurou Rildo.

– Não foi ele, cara! – disse Jair, chegando mais junto do amigo, segurando a mão dele, de um jeito que não era costume entre eles, mas que na hora nenhum dos dois estranhou.

Não podia estranhar. Jair continuou: – Foi o Fred. Ele abriu uma conta de *e-mail* no nome do Delaney e...

– Já entendi – cortou Rildo, se encolhendo e retirando a mão.

– Delaney é o nome dele? – perguntou o federal. – Duvido que a gente encontre o corpo. Sabem como podemos contatar a família?

Rildo disse algo, mas em voz tão baixa que o investigador pediu que ele repetisse e anotou nomes, endereço, telefone...

– Fred, ou seja lá que nome tinha, é um dos muitos caras que aplicam esse golpe. Tem muitos deles caçando otários por aí. Coiotes farejam presas, sabia? Farejam quem podem enrolar. Carniça. Ele nunca pretendeu tirar vocês nem da cidade, quanto mais atravessando alguma fronteira. Isso é comum. Outros, morrem no exterior, mas ainda no lado mexicano. Nem chegam a tal cerca. E alguns até pulam a cerca, o muro, ou atravessam o tal rio que tem num outro trecho da fronteira... qualquer coisa. Conseguem entrar em território americano. Daí, dependem dos coiotes para guiá-los para alguma cidade, mas são executados no caminho.

– A gente... já escutou essa história toda – disse Rildo, contraindo o rosto, irritado.

– Mas nunca é demais escutar de novo. Encontramos cocaína, comprimidos *apimentados* e até duas pistolas, novas, na caixa, no carro do sujeito. Foi por isso também que ele tentou escapar. Tudo embrulhado, pronto para ser vendido.

Esse era o negócio dele. Nada de *turismo*. Tráfico de drogas e de armas. Na verdade, tudo anda junto.... Entrada ilegal nos *States*, tráfico, até prostituição forçada, sabem? Vocês se meteram com gente muito braba, garotos. Aliás, não tem anjo nesse negócio. É tudo grana, e quanto menos custos eles tiverem para meterem a mão no dinheiro de vocês, melhor. Muitos não querem gastar entregando aos clientes o que prometeram. Esses que dão desconto pelo serviço são os mais perigosos. Roubada certa. Vocês tiveram sorte.

– Sorte por quê? – resmungou Rildo. – A gente continua aqui, não é? Não tem nada pra gente neste país.

– A gente tá vivo... – murmurou Jair. E cravou os olhos no rosto de Rildo.

– É isso! – disse o investigador, exibindo, bem à vista, o adesivo dourado do King Kong. E, virando-se para Jair, perguntou: – Pelo que entendi, você não levou dinheiro nenhum. Desistiu de ir com o cara?

– Foi... – respondeu Jair.

– E o cara para quem você ia vender a moto... Calma, garoto! Não precisa explicar. Sei que você não chegou a roubar nada. Mas e o tal cara? O receptador?

– Nem fui ao encontro. Não tinha moto nenhuma para vender. Fiquei com medo...

– Muito esperto da sua parte. E o que mais?

– Mais nada, quer dizer... Tô com o número do celular dele.

– Dane-se, então – exclamou o federal, torcendo o rosto.
– Isso não adianta droga nenhuma. A essa hora, ele já sabe o que aconteceu e trocou de *chip*. Um celular roubado por outro. Fácil! Mas você... – disse, voltando-se agora para Rildo. – Ah, aí é outra história. Você foi fundo, não foi, garoto? E a sua grana? Conseguiu como?

– Arrumei! – replicou Rildo, rispidamente.

– Pode ser... Mas eu não faço caridade, entendeu? Você vai ter de me entregar alguma coisa se quiser sair limpo dessa. Estou falando de nomes, endereços, clientes do tal Fred... É isso ou cana! Você tá na minha mão, guri!

Rildo virou o rosto, sem dizer nada.

– Quer saber? – prosseguiu o investigador... – Você tem marra demais para quem foi levado na conversa. Deu uma de otário, cara. Reconheça. Vai ser melhor pra você. Aprende a não se meter a cachorrinho brabo em terra de lobo, tá?

Rildo continuou com a cara virada. O investigador fez um gesto com a mão, se despedindo. De repente, brecou e chamou, também com um gesto, Jair. Fora do alcance dos ouvidos de Rildo, o agente disse:

– Seu amigo vai tentar de novo. E de novo. Você sabe disso. – Jair baixou a cabeça, sem responder. – Seus pais estão vindo aí. Os dele também. O melhor que você tem a fazer na vida é se afastar desse cara, antes que ele meta você numa furada sem volta. Estou cheio de ver garoto morrer de bobeira por causa dessa história de entrar na marra nos *States*. Eu conto pros seus pais o que aconteceu ou conta você?

– Eu conto.

– E pros pais do seu amigo?

– Eu conto – repetiu Jair.

O agente assentiu com a cabeça e despediu-se, batendo dois dedos na testa, enquanto guardava numa pasta de papelão preta o plástico com o que restou do adesivo da mochila de Delaney.

De fato, o corpo do garoto jamais foi encontrado.

VINTE E SEIS

Lua vermelha. Lua grávida. Lua pingando gotas de luar. Lua cheia.

Pode até ter sido por isso...

Ou, então, teria sido sob qualquer céu.

– *Nos bons e maus momentos. Nos de lucidez e nas desparafusadas. Na contracorrente e na corda bamba. No pódio e na segundona...*

– Levanta, Jair! – berrou Elvira, puxando o garoto pelos braços para pô-lo de pé. Mas ele resistiu e ajoelhou de novo à frente dela. No meio da rua. Gente parando para assistir. Fazendo fotos com o celular. Gente passando e rindo. Gente de olhos arregalados. Toda a fauna da Avenida Atlântica ao redor deles, mais o barulho dos carros, o alarido das pessoas, dos bares, na calçada oposta, dos restos de ruídos familiares que passavam pelas janelas e desciam para a rua. E Elvira ruborizada, como nunca Jair imaginara que conseguiria deixá-la. – Para com isso! Tá me matando de vergonha!

– É essa a ideia. Deu certo com meu pai pra cima da minha mãe. Continuando...

– Tá me pedindo em casamento? Enlouqueceu? Nem a pau eu quero casar tão nova.

– Não é isso, não! É que quando eu fiquei de cara pra aquele momento em que, se eu fizesse a besteira, não ia ter volta, eu não fiz. E percebi muito bem por que não fiz. Porque tenho coisas aqui que eu não quero arriscar. Gente que eu não quero perder. Não quero jogar tudo o que tenho fora. Não quero. Daí, tô dizendo que vai ser dureza, vai ser, sim. Mas quero tentar. Por aqui, e mais que tudo... com você!...

– Tá se escutando, garoto? Vou levar a sério, entendeu?

– Pode levar... *Para tudo na vida e ao longo da vida inteira, que será curta, ainda e sempre, para nós dois, para eu ter você, você a mim, nunca o bastante, eterna e passageira, mas será de nós dois...*

– Chega, levanta! Ou eu mato você! Levanta logo, ou já perdeu a namorada. Para de dizer essas coisas.

– Ajoelha junto e me beija! Cala a minha boca!

– Ficou doido! No meio da rua? Nunca!

– Então, vou começar tudo de novo...

– Não! – gritou a garota.

Então, ela se ajoelhou, puxou a cabeça dele pelos cabelos – um puxão para doer, de verdade e de propósito – e tascou-lhe um beijo. Só então ele se calou.

E foi desse jeito; sem nada tão resolvido quanto se queria, mas resolvido como se podia, e levando adiante fosse como fosse.

Foi assim que foi.

LUIZ ANTONIO AGUIAR

Ilegais é uma aventura com muito suspense. Uma história para você ler e torcer pelos personagens principais. Sempre me comoveu saber que, pelo mundo afora, milhares de pessoas deixam toda a vida para trás para fugir de guerras, da pobreza e de perseguições de todo tipo. E se expõem a perigos gravíssimos nessa travessia para o desconhecido que muitos jamais conseguem completar. Só que isso também acontece entre nós, no Brasil. Em busca de esperança, de oportunidades, muitos jovens, todos os anos, partem para viver como ilegais em países que não os querem. Pelos noticiários, conhecemos diversas dessas histórias. Por isso senti a necessidade de escrever este livro, sobre essa nossa garotada que sonha poder construir um futuro melhor – algo que deveria ser direito de todos, principalmente nessa idade.

FABIO MACIEL

Nasci no Rio de Janeiro em 1978. A arte é importante na minha vida e me acompanha desde as HQs, quando moleque, à arte plástica contemporânea. Gosto de experimentar técnicas e, nos últimos anos, tenho desenvolvido trabalhos que misturam gravura, recorte, colagem, pintura e estêncil. Aqui eu trabalhei com estêncil e um pouco de recorte e colagem. Me apropriei da linguagem utilizada em cartazes e optei por ilustrações mais conceituais, até por causa do tema. Para conhecer melhor meu trabalho, acesse: fmaciel.com / foliveiramaciel@gmail.com

Este livro foi composto com a família tipográfica
Chaparral Pro, pela Editora do Brasil, em abril de 2019.